KB124088

문학과지성 시인선 453

글로리홀

김 현 시집

문학과지성사

문학과지성 시인선 453

글로리홀

초판 1쇄 발행 2014년 7월 31일
초판 7쇄 발행 2023년 1월 6일

지 은 이 김현
펴 낸 이 이광호
펴 낸 곳 ㈜문학과지성사
등록번호 제1993-000098호
주   소 04034 서울 마포구 잔다리로7길 18(서교동 377-20)
전   화 02)338-7224
팩   스 02)323-4180(편집) 02)338-7221(영업)
전자우편 moonji@moonji.com
홈페이지 www.moonji.com

ⓒ 김현, 2014. Printed in Seoul, Korea

ISBN 978-89-320-2647-3 03810

지은이는 2013년 서울문화재단 예술창작지원금을 수혜했습니다.

문학과지성 시인선 453

글로리홀

김현

2014

시인의 말

이 세계는 죽음에 가까이 있다
나에게 사랑은 가까운 것이다

2014년 여름
김현

글로리홀

차례

시인의 말

빛은 사실이다

비인간적인[1][2][3][4][5]

밤이 떠돌아 왔습니다. 인간은 헐벗은 몸 어둡고 웅크린 욕조 속으로 들어갑니다. 처음 물이 닿은 인간의 발가락 끝부터 쑥빛 비늘이 쑥쑥 돋습니다. 인간은 오랜만에 미끈거리는 감촉에 젖습니다.

인간은 두 다리보다 지느러미에 맞는 생물이야.

인간은 되뇝니다. 침대에 걸터앉아서 인간은 목을 늘립니다. 늘어진 목과 머리는 여럿이 나눠 먹을 수 있는 밥상을 두리번거리며 불어터진 먼지를 쓸고 욕실까지 흘러갑니다. 흘러온 얼굴이 인간의 지느러미를 따라 움직입니다. 인간은 아가미로 숨 쉬고 숨죽입니다.

---

1) 인간들로부터 밤은 왔다
2) 이 밤 인간들의 집회는 시인을 앞장세운다
3) 밤의 인간들은 우리도 인간이 되고 싶다는 불구의 구호를 외친다
4) 한 소설가는 인간적인 관점에서 어느 밤에 대한 인간이란 시를 쓴다
5) 인간을 잃어버린 인간들의 밤으로 유령 한 자루가 꺼질 듯 걸어가고 있다

인간의 호흡을 잃었구나, 인간.

인간의 표정이 백랍처럼 빛납니다. 인간의 목덜미가 납빛으로 찢어집니다. 점점 희미해지는 어린 인간이 찢어지는 인간 곁으로 와 앉습니다. 어린 인간은 자라나는 혀를 불규칙적으로 잘라내며 모처럼 인간이 알아들을 수 없는 말을 발명하려고 합니다.

인간은 인간의 말을 하지 않아도 돼!

늘어난 인간은 꿈틀거리고, 사라지는 인간의 혀들은 더듬거리고, 변신한 인간은 한결 자연스러운 움직임을 갖고, 멈춰 있습니다.   욕조의 수면이 밤의 수면까지 밀려갑니다.

돌아온 밤 고공은 기중기처럼 깊습니다. 인간들은 각자의 생활을 발견합니다. 인간들은 인간적으로 따로 놉니다. 인간이 곁에 없는 인간의 말은 뜻 없습니다. 인간들은 조용합니다. 침묵합니다. 그림자 없이 농성을 시작한 한 유령이 집으로 들어와 촛불의 노동을 밝힙니다. 인간 인간 인간은 마침 표 사라집니다.

고요하고 거룩한 밤 천사들은 무엇을 할까;[1]

밤의 내부는 어둡고 추웠다. 근무를 마치고 집으로 불어 닥친 마이클은 서둘렀다. 낡은 소파에 몸을 내려놓았다. 싸구려 위스키를 땄다. 출렁이는 암흑을 삼켰다. 닭 가공 공장의 명백한 비린내가 마이클의 골격을 넘어왔다. 마이클은 뼈가 부서져라 서너 번 헛구역질해댔다.

가브리엘은 때에 전 러그 위에 엎드려 있었다. 앞발에 담배를 끼고 고양이[2]의 세계라는 것을 설계하는 중이었다. 마이클은 목까지 채워 올렸던 지퍼를 답답하게 내렸다. 짙은 청회색 작업복이 텅 빈 가슴에서 두 쪽으로 갈라졌다. 검은 핏방울들이 분리됐다.

---

1) 벨벳의 언더그라운드에서 창백한 파랑은 노래했다. "패트리샤, 패트리샤, 패트리샤." 그리고 그는 한참을 숨어 있게 되었다. 노래가 더 만들어진 것이다.

2) 고양잇과의 동물을 통틀어 이르는 말. 본래 구름을 길들인 것으로, 밤과 빗물과 눈송이 식(食)을 주로 한다. 어두운 곳에서도 잘 볼 수 있는 눈 때문에 심야의 독서와 사색을 즐긴다. 발톱은 자유롭게 감추거나 드러낼 수 있으며, 밤하늘 고양이의 일종인 먹고양이는 날개를 가지고 태어나기도 한다. 얼마 전 중국 천칭에서 이 날개 달린 고양이가 태어나 화제가 된 바 있다.

가브리엘, 마이클이 제 이름을 부르자 가브리엘은 담배를 버리고 소파 위로 뛰어올랐다. 골똘하던 털의 윤기가 좌르르 흩어졌다. 가브리엘은 앞발을 모으고 볼록하게 엎드렸다. 가브리엘의 등고선으로 날씬한 달빛이 들었다. 마이클은 가브리엘의 빛을 쓰다듬었다. 보드라운 털 속에 묻힌 어둠의 촉감이 등뼈처럼 앙상했다.

마이클은 6번 버드를 마저 비웠다. 날아올라, 가브리엘은 꼬리를 움직여 너덜너덜 풀린 마이클의 눈을 감겨주었다. 가브리엘, 나는 천사의 배 속에서부터 해골이었던 게 분명해. 마이클이 근육을 움직였다. 머리가 잘린 닭 떼들이 날개를 푸덕거리며 마이클의 황량한 꿈속을 날아다녔다. 창밖으로 표백된 깃털들이 송이송이 떨어졌다. 어디를 보아도 새파란 소년 소녀들의 캐럴이 유리창에 하얗게 얼어붙었다. 가브리엘을 어루만지던 마이클의 손이 녹아내렸다. 핏물이 세척된 하얀 손이었다.

가브리엘은 잠든 마이클을 핥았다. 마이클의 구석

구석이 반들거렸다. 붉은 하이힐 소리가 계단을 올라
왔다.[3] 갸르릉 가브리엘은 뼈대만 남은 마이클의 밤
을 품었다.

3) "어떤 영감은 그것이 찾아온 시간을 절대로 벗어날 수 없습니다. 이
노래를 부르고 있을 때 저는 노래의 바깥에서 들려오는 또 하나의
노래를 들었습니다. 저는 그 노래를 이 노래와 포개야 한다고 생각
했습니다. 또한 저는 그 노래를 이 노래와 분리시켜야 한다고 생각
했습니다. 그러므로 그 노래는 이 노래의 전체를 이루는 일부면서
동시에 눈송이가 둥근 물방울로 녹아 있는 붉은 하이힐, 하이힐이
또각또각 뚫고 지나온 밤, 계단의 난간을 조심스럽게 잡는 가늘고
긴 손가락, 푸른색 아이라인이 흘러내린 여장남자가 등장하는 또 다
른 밤의 전체가 되어야 했습니다." 똘레랑스운동지『아이즈Eyes』의
「작가와의 인터뷰 II」 참조.

론 우드Lone Wood의 은퇴 파티

이봐요, 카우보이! 그 거대한 페니스를 세우고 내 앞으로 어서 달려와요. 난 틀니까지 뺄 준비가 되어 있다고요.

*

여덟 번의 사정을 마친 론 우드는 기진맥진한 가슴을 다독이며 왜소한 한숨을 내뱉었다. 마지막 촬영이었다. 론 우드는 이미 오래전 지퍼가 벌어진 빅 맨 스포츠 가방을 어깨에 둘러멨다. 아무도 모르게 촬영장을 빠져나가 천국으로 갈 생각이었다. 문을 열고 계단을 올라갔다. 빨강머리 치치의 질겅질겅한 목소리가 들렸다. 단물이 많이 빠지긴 했지만 여전히 천박하고 달콤했다. KO목장[1]을 찍던 한창때의 그녀답게 클라미디아 트라코마티스[2]를 촬영장으로 옮겨 왔다.

---

1) 카우보이와 카우걸들의 사랑을 다룬 최초의 웨스턴 포르노. 사랑을 마친 두 배우가 석양을 바라보며 실존에 대해 논하는 장면으로 유명하다.

론 우드는 죽은 듯 천국으로 가기에는 글렀다는 걸 깨달았다.

*

파티가 무르익자 술에 취한 호모 데이브 커밍스가 소리쳤다. 죽기 전에 그 기념비적인 좆을 한 번 더 구경해야겠네. 어서 녀석의 고약한 성질을 돋워보라고. 외로운 사람들만이, 오직 외로운 사람들만이 오늘 밤의 내 느낌을 알지. 오직 외로운 사람들만이 이 느낌이 옳지 않다는 걸 알 거야. 손등까지 검붉은 반점이 번진 호모 데이브 커밍스는 눈을 감은 채 로이 오비슨[3]의 노래를 흥얼거렸다.

_____

2) 본래는 성기 클라미디아 감염증을 발병하게 하는 세균의 일종. 포르노 촬영 현장에서는 씩씩하고 건강한 여배우의 활력을 이르는 말로 쓰인다.
3) 9행성 출신의 싱어송라이터. 인생의 희로애락을 담은 노래로 수많은 지구인의 사랑을 받았다. 「Only the Lonely」 「Crying」 「In Dreams」 「Oh, Pretty Woman」 등의 대표곡보다는 만들어지지 않은 노래

16

*

　론 우드는 세면대 앞에 서서 바셀린 페니스[4]를 주
물럭거렸다. 침을 뱉었다. 귀두를 문질렀다. 불알 밑
을 간질였다. 론 우드의 손은 부지런했지만, 약에 취
하고 술에 절어 잠든 페니스는 깨어나지 않았다. 쭈
글쭈글한 표피를 밀어 내릴 때마다 고약한 냄새가 솟
았다. 론 우드는 웃으며 고개를 들었다. 거울에 비친
늙은이를 바라보았다.　　　　　　　　　　　　론
우드는 희뿌연 얼굴로 깊은숨을 내쉬는 남자를 닮아
냈다. 수도꼭지를 돌렸다. 물소리가 떨어졌다. 정전

「Heaven」「ChiChi」로 기억되기를, 심장 발작으로 사망하기 직전
에는 원하였는지도 모른다.
4) 성기 확대를 위하여 바셀린을 주입한 페니스를 일컫는 말. 포르노
업계에서는 바셀린, 파라핀, 실리콘 등 페니스에 주입된 물질과 페
니스의 길이에 따라 페니스의 등급을 나눈다. 페니스에 주입된 물질
이 없으나 33센티미터를 넘는 페니스(덕 디글러 페니스)를 A++등
급으로 친다.

이었다. [5]

*

　사람들은 어둠을 헤치고 다니며 파티의 최후 속에
서 허우적거렸다. 부드러운 린다 곁에 잠든 호모 데
이브 커밍스는 죽은 듯했다. 론 우드가 슬겅슬겅 욕
실 밖으로 나왔다. 긴 촛대를 든 치치가 미숙하게 펼
쳐진 론 우드의 미소를 향해 한 줄기 빛을 흔들었다.
론 우드는 작고 붉은 등대 치치에게로 다가갔다. 치
치는 론 우드의 눈동자를 수십 년 동안 바라봤다. 그
럼요, 카우보이. 치치는 틀니를 빼 들고 론 우드의 스
산한 엉덩이를 뒤따랐다.

---

5) "그때부터 오랫동안 불이 들어오지 않았습니다. 대정전이 시작된
　거죠. 그 대정전의 밤, 별별 일이 다 벌어졌지만 그 이야기는 다음
　편으로 미뤄야겠습니다. 우리의 오늘은 그의 은퇴 파티에 온전히 내
　맡겨져야 하니까요. 어쨌든 정전이었습니다." 소년들을 위한 성인
　잡지 『존슨즈 Johnsons』의 「전설의 포르노 빅 맨2」 참조.

18

*

촛불이 하나둘 꺼졌다. 파티는 점점 고요해졌다.

은하철도 구구구[1]

　으슬으슬 잠에서 깬 샘 빌은 쇠약한 잠에 빠진 좁은 이브를 꼭 껴안았다.[2] 창밖을 내다봤다. 8시에 떠나온 기차는 죽은 새들의 꿈이 수두룩하게 자란 유령숲성단으로 진입 중이었다. 샘 빌은 홀로 보낸 시간을 떠올리기 위해 갸우뚱하게 애썼다. 기차의 찬 증기가 반짝반짝은별아름답게비치네나무들의 잎을 스치고 지나가며 꿈으로 방울방울 맺혔다. 색색의 꿈들이 설레고 떨어지고 사랑하고 부딪치고 이별하고 터지며 투명해졌다. 샘 빌은 사라진 기억 대신 사라지는 꿈들을 바라보다 철렁 내려앉았다. 이브가 미동을 보였다. 샘 빌은 이브의 이마에 입을 맞췄다. 이브의 미간이 상냥하게 주름졌다. 아직 살아남은 샘 빌들은 지금 누구와

---

1) 인간들의 우주 장례식을 위해 개발된 메텔사의 1세대 장의 열차. 비둘기의 몸통을 본떠 만든 차량과 비둘기 울음을 닮은 기적 소리 탓에 비둘기호로 더 자주 불렸다.

2) 얼마 전 지구의 시간을 방문하고 돌아온 데이비드 보위를 어긋난 시간대에서 만난다. 그는 자신이 가수로 살아가는 지구의 시간에서 보았던 아들의 영화에 대하여 한참 동안 이야기하지 않을 것이다. 다음 인물들의 이름은 그에게서 잠시 들은 영화에서 캐스팅했다.

인사를 나누고 있을까. 샘 빌은 생각했다. 하찮게, 이
브가 눈을 떴다. 이브는 기지개를 켜기 위해 두 팔을
들다 힘없이 내려놓았다. 샘 빌은 이브의 눈동자를 바
라봤다. 흰자위가 사라진 두 개의 작고 아름다운 블랙
홀은 소멸의 근원처럼 보였다. 기적이 울렸다. 구구구
구구구 기적의 소리는 구슬펐다. 이브는 창문에 손바
닥을 붙였다. 기차의 꼬리가 요란하게 숲을 치며 빠져
나왔다. 여섯 빛깔 스톤월새 떼들이 시위대처럼 일제
히 날아올랐다. 눈먼 이브는 차창으로 날아와 붙은 레
인보우깃털을 감지했다. 창문 여기저기를 두드렸다.
샘 빌은 피부가 갈라진 이브의 손을 끌어와 자신의 가
슴에 댔다. 고개를 숙여 이브의 머리카락 속으로 숨결
을 불어넣었다. 침묵이 길게 자라났다. 머지않아, 찬
눈이에요! 이브가 죽을힘을 다해 속삭였다. 샘 빌은
고개를 들었다. 입자가 차가운 별의 백사들이 날름날
름 흩날렸다. 겨울 해변의 묘지로군. 샘 빌은 자신도
이브도 실제로 눈을 본 적이 없음을 새삼 떠올렸다.
샘 빌은 이브의 귀에 입술을 대고 경문을 속삭였다.

짧고 긴 시간을 지켜봐온 흰 모래보라가 거세졌다. 기차는 묘지의 핵심에 다소 곳이 다가섰다. 수많은 유리관들이 부유하며 이룬 죽음의 무늬는 생각보다 아름다운 쪽에 가까웠다. 샘 빌은 잠으로 가라앉는 이브의 무거운 얼굴을 꼼꼼하게 내려다보았다. 우리는 시작과 끝을 알고 있었다. 다행이었다. 샘 빌은 이브를 자신의 품 안으로 깊숙이 끌어 넣고 저절로 눈을 감았다. 안드로이드들의 마지막 노랫소리가 평화롭게 기차를 메웠다. 기차가 어둠을 헤치고 은하수를 건너면 모든 안드로이드들의 작동이 끝났다. 우주 장례식 시뮬레이션이 꺼졌다. 달밤은 더 달밤이 되었다. 장례식이 끝나길 기다리던 샘 빌은 G버튼을 눌러 지구[3]의 문을 열었다. 유효기간이 지난 안드로이드들을 싣고 비둘기호는 불타는 지구를 향해 힘차게 달려갔다. 샘 빌은 모든 샘 빌과

---

3) 안드로이드들을 폐기하기 위해 세워진 대형 화장로. 안드로이드들의 출생, 거주, 이주 행성에 따라 다양한 이름으로 불린다.

이브 들을 향해 홀로 인사했다.

리와인드Rewind

아버지, 이제 틀니를 빼세요. 아버지는 무색한 목
소리로 말했습니다. 아직 배가 고프단다. 죽으러 가
셔야 해요. 달력에 표시해두었잖아요. 아버지는 붉은
동그라미를 무색하게 바라봤습니다. 아니 벌써. 아버
지, 입 좀 벌리세요. 아버지의 물음은 무색하였습니
다. 그런데 아들아, 너는 왜 계획적으로 사람을 죽이
는 법에 대해 단 한 번도 이의를 제기하지 않는 것이
냐.[1] 그는 마이크로소프트 보청기가 내장된 그의 인
조 귀에 입술을 밀착하고 담담하게 말했다. 그는 자
신으로부터 시작된 그의 대답을 귀에 담았다. 창밖에
서 검은 연기가 피어올랐다. 인간을 철거하기 위한
용역들이 대기 중이었다. 그는 마이크로소프트 굴절
렌즈가 장착된 인조 눈을 쩝 닫았다. 사람들을 애태
우는 익숙한 냄새였다. 약속 시각이 되었다. 그는 그
의 붕 뜬 마이크로소프트 인조 머리칼을 얌전하게 빗

---

[1] 각국에서 지구촌 살리기 정책(일명 지구촌 정비법)이 발효되었을 당
시, 문장에 무색하다는 단어를 넣어 쓰는 것이 유행하였다. 이는 마
이크로소프트사의 부도가 일어난 당시의 유행에 따라 기술되었다.

24

겨주었다. 그는 그가 꺼내놓은 마이크로소프트 세라믹 인조 틀니를 보았다. 시대의 산물이었다. 그는 아가리를 다물었다. 지그시.[2] 나는 초록색 제로유니폼을 꺼내 입고 (교양 있게) 떠날 채비를 마쳤다. 창밖을 내다봤다. 그처럼 순순히 도살장으로 끌려갈, 다시 한 번 세계의 입단속을 주도했던 세대들이 제로유니폼을 차려입고 일렬종대로 버스를 기다리고 있었다. 모두 죽도록 싱싱한 초록빛이었다. 과학적인 용역들은 발전된 연기를 보여줬다. 인간을 위해서 인간을 희생해야 한다는 내용이었다. 사람의 애간장을 녹이는 이미지였다. 나는 그가 (교양 있게) 아버지의 죽음을 호명하는 소리를 들었다. 계단을 내려온 나에게 그는 서류 봉투를 챙겨주었다. *정육가공용.* 붉은 도장이 찍혀 있었다. 그는 문을 대문짝만 하게 열었다. 나는 집을 나섰다. 그 옛날 그와 같이 먹음직스러운

2) 지구촌 정비법 시행 이후 마이크로소프트사의 부도와 함께 마이크로소프트사의 인조 보형물들이 덤핑으로 시중에 유통, 판매되었다. 이는 당시의 무색한 인간상을 대체로 반영하며 기술되었다.

미소를 머금었다. 그는 엉덩잇살 사이에 낀 팬티를 빼내며 실룩실룩 입맛을 다셨다. 버스는 뒤뚱뒤뚱 달려오고 있었다. 나는 뛰뛰빵빵 걸음을 옮기며 그에게 상냥하고 암울하게 손을 흔들어주리라 마음먹었다. 우리는 처음으로 (교양 있게) 서로의 뒤를 돌아보았다. 그러나 문은 이미 오리무중으로 닫혀 있었다.[3]

---

3) 본격적인 신기술 복제 시대의 시작과 함께 첨예해진 지구촌 살리기 정책의 무색한 교양을 문제 삼으며, 각국의 시민들 사이에서 (교양 있게) 괄호 치기 시위가 전개되었다. 이는 괄호 치기 시위에 동참하는 구호로써 소리 내어 기술되었다.

퀴어; 늘 하는 이야기

집으로 돌아온 리는 오래된 플라스틱 박스를 들고 퀴토 예배당에서의 일을 떠올렸다.

그 계집애처럼 말랑말랑한 앨러턴 녀석이 이따위 쥐새끼 두 마리를 두고 갈 줄이야.

리는 베이비 리의 방에서 땀에 젖은 그림자와 셔츠와 팬츠를 벗었다. 전신 거울 앞에 서서 섀도 스텝을 밟았다. 얼룩줄무늬 트렁크를 입은 털북숭이 리를 향해 연타로 훅을 날렸다.

내 젖꼭지는 크고 내 배레나룻은 짙고 내 피넛버터 peanut butter[1]는 고약한 냄새를 풍겼다고.

리는 거울 속 리를 바라보며 상체를 빠르게 움직였

---

1) 사정 주기가 길거나 감정의 수가 많아서 누렇거나 젤리 같은 형태로 배출되는 정액을 일컫는 말. 1985년 베어클래식 출판사에서 출간된 윌리엄 Y. 버로스의 『퀴어스』에서 처음으로 사용되었다.

다. 잽을 잽싸게 구사했다. 왼발과 오른발을 재차 앞
뒤로 바꿨다. 리의 시커먼 마호메트불알[2]은 율동했
다. 리는 트렁크를 끌어내리고 힝힝 숨을 내쉬었다.
문이 열렸다. 리가 거울 밖으로 소리 내어 사라졌다.

나는 *비트걸beatgirl*[3]의 *푸딩pudding*[4]을 뚫은 열
세 명의 럭비부원 중 하나였어.

주방에 우뚝 선 리는 아이스박스에서 정키 스트라
이크를 꺼내 마셨다. 마르가라스사의 조미 정어리를

---

2) 유난히 크고 늘어진 불알을 일컫는 말. 1959년 프랑스의 프랑수아
출판사에서 출간된 윌리엄 Y. 버로스의 『홀딱 벗은 점심』에서 처음
으로 사용되었다. 이 단어 때문에 버로스는 수십 년 동안 암살 협박
에 시달려야 했다.

3) 성적 매력이 넘치는 소녀를 속도감 있게 이르는 말. 1953년 회복되
지 못한 마약 중독자의 고백 출판사에서 출간된 『정크』에서 처음으
로 사용되었으나 후에 그룹 Queers의 노래 「비트걸 랩소디」가 큰
성공을 거두며 전 세계적으로 알려지게 되었다.

4) 여성의 처녀막을 이르는 속어. 『익스프레스 사전』(노바, 1964) 참
조 ──옮긴이 주.

한 입 베어 물었다. 우적우적 씹었다.

앨러턴의 평화로운 손아귀에서[5] 할로우 미키마우스 스토리를 들려준 건 순전히 썩은 맥주와 마리화나 탓이었지.

맛은 환상이었다. 식탁 위에 놓인 원통형의 깊고 비좁은 시간 속에서 두 마리의 햄스터는 서로의 얼굴을 밟으며 정답게 버둥거렸다. 베이비 리는 그곳으로 토막 난 정어리를 던져 넣었다. 투명한 믹서 안의 세계가 폭력적으로 고요해졌다.

나는 햄스터가 아니야.

리는 뚜껑을 닫았다. 버튼을 눌렀다. 작고 땅딸막

---

5) 손으로 성기를 애무하여 평온을 가져오는 기적 또는 기술(hand job)을 체험했다는 은유로 읽을 수 있다——옮긴이 주.

한 비명이 두서없이 갈렸다. 다정한 털과 살과 뼈와 피가 정어리의 암갈색 살코기와 뒤섞였다.

이 쓰레기 호모새끼야.

채 갈리지 못한 눈동자가 리의 붉은 눈과 마주쳤다. 리는 주근깨 곱슬머리 앨러턴의 눈빛을 떠올렸다. 버튼을 다시 짓이겼다. 리는 눈동자가 사라진 우중충한 정어리주스를 따라 마셨다.

나는 햄스터가 아니야, 이 쓰레기 호모새끼야.

베이비 리는 퀴토 예배당의 검은 마리아상을 생각했다. 리는 사실적으로 부끄러운 울상이 되었다. 베이비 리는 믹서의 뚜껑을 열었다. 미키마우스들을 사랑의 카드가 담긴 플라스틱 디즈니랜드에 되돌려놓았다. 둘은 다시 각자의 영역으로 돌아가 조용히 잠을 청했다. 리는 이 믿을 수 없는 고요함이 입안에 퍼진

조미 정어리의 더러운 맛 때문이라고 다짐했다. 곧
리의 눈물은 알몸이 되었다. 곧 리는 벌거벗은 채 속
삭였다. 늘 하는 이야기를. 집으로 돌아온 베이비 리
의 이야기를.

작가와의 만남[①]

2월 4일

갈증으로 잠이 깬 잠자는 미녀를 닮은 쿠버는 어두
컴컴한 거실로 흘러나와 지난밤 마시다 남은 새벽을
들이켰다. 화창한 빗소리가 뚜벅뚜벅 다가왔다. 쿠버
는 요술 부지깽이를 들고 읊으며 벽난로의 안개를 활
활 일으켰다. 쿠버는 다가온 비의 푸른 비단 가운 속
으로 손가락을 밀어 넣었다. 배꼽을 어루만졌다. 쿠
버는 닫힌 창문을 꼭꼭 열었다. 비가 내리는 맑은 밤
이었다. 쿠버는 깨끗한 알몸으로 사라져가는 타자기
앞에 정숙하게 앉았다. 벽난로에는 선명한 안개꽃들

---

① 독자 여러분께 밝혀드립니다. 다음 만남은 로버트 쿠버 씨의 『요술
부지깽이』를 통해 마련되었습니다만, 사정상 작가를 직접 모시지
는 못하였습니다. 1932년 2월 4일 현재 로버트 쿠버 씨는 물병자리
에서 원숭이들을 위한 문학 강의를 독자들에게 떠맡기고 계시기 때
문입니다. 기회가 된다면, 다음 해 1932년 2월 4일에 로버트 쿠버
씨를 모시고 다가오는 1932년 2월 4일에 대한 강의를 청해보도록
하겠습니다. 쿠버는 이제야말로 살아 있는 작가들을 추모하기 위하
여 시간을 열었다.

이 만발했다. 쿠버는 시간과 시간 사이에 요술 부지
깽이를 내려놓고 희미해진 글쇠 2를 눌렀다.

2월 4일

모리스와리와퀸비와올라와스웨드와요셉과칼은 살
아 있는 작가를 추모하기 위해 잠자는 숲 속의 성으
로 모였다. 그 혹은 그들은 열린 성의 문을 닫고 성으
로 들었다. 그 혹은 그들은 새벽을 마시며 작가가 평
생에 걸쳐 구축한 성의 효소가 되었다. 성의 텅 빈 중
심에는 종탑을 향해 활짝 봉오리를 벌린 거대한 안개
한 송이가 있었다. 향기에 취해가던 그 혹은 그들은
달란트를 주고 산 요술 부지깽이를 꺼내 들고 읊조렸
다. 그 혹은 그들은 나선형 문단을 올라갔다. 종종 새
벽에 취한 삶과 꿈에 젖은 죽음들이 꽃잎처럼 문단
밖으로 떨어져 죽었다, 살아났다. 어느 시간에 수많
은 문단의 끝에 자리한 작가의 영혼에 모인 그 혹은
그들은 작가의 의도대로 푸른 젖은 비단 가운을 벗어

던졌다. 그 혹은 그들은 원을 그리며 두 볼기짝을 쳐 댔다. 깨끗한 알몸에서 쿠퍼액이 흘러내렸다. 그 혹은 그들은 시간을 덮어 썼다. 만남을 시작할 취침 시 간이었다. 그 혹은 그들은 홀로, 돌아가며, 종을 쳤 다. 종소리의 이파리가 펼쳐졌다. 그 혹은 그들은 잠 꼬대의 날을 시작했다.

2월 4일

비가 내리는 화창한 아침이었다. 추모객들은 패트 릭 쿠버를 추모하기 위하여 패트릭 쿠버의 성기 앞으 로 모였다. 추모객들의 두 손에는 요술부지깽이와책 갈피와감지렌즈와모자와기차역과새벽이 들려 있었 다. 생강빵으로 만든 집에서 달란트를 주고 산 것 (들)이었다. 성기가 바람에 덜렁거리자 닫혔던 성문 이 닫히며 퀸비가 밖으로 나왔다. 퀸비는 헝클어진 머리를 매만지며 아무래도 안 되겠는걸. 종탑에서부 터 폭풍우가 내려오고 있어. 새벽에 취해 나선형 계

단을 오르기는 무리일 것 같아. 그 혹은 그들은 흘러
내린 액을 닦고 요술 부지깽이에 키스하며 말했다.
이것이 이곳에서 만들어진 거로군요. 폭풍우가 가라
앉고 안개꽃이 필 때까지 기다려야겠어. 비단 가운만
벗고 있으니 으슬으슬하군요. 일단, 쿠버의 뜻대로
새벽을 나눠 먹도록 하죠. 병 좀 받아. 퀸비는 새벽을
던졌다. 퀸비는 요술부지깽이와책갈피와감지렌즈와
모자와기차역을 내려놓았다. 소름이 돋은 그 혹은 그
들은 다시 잠꼬대를 이어갔다. 그는 밤낮으로 새벽과
꿈에 빠진 주정꾼들을 더 사람 취급했다. 이건 아니
로군. 쿠버는 타자기에서 종이를 뽑아 구겨 벽난로로
던졌다. 종이는 순식간에 안개가 되었다. 비가 내리
는 맑은 아침이었다. 패트릭 쿠버를 추모하기 위하여
몽상가들은 쿠버의 잠자는 숲 속의 성으로 빨려들어
갔다. 이곳에서 취해 있으니 쿠버가 우리와 같이 우
리의 이야기를 쓰고 있는 거 같아요. 쿠버는 참지 못
하고 타자기에서 손을 떼 속닥속닥 들려오는 빗소리
혹은 빗소리들에게로 뻗었다. 따뜻한 배꼽의 체온이

느껴지자 쿠버의 짧은 코를 닮은 베니스가 홀쭉하게
길어졌다. 요술 부지깽이를 탁 넘어뜨렸다. 쿠버는
눈을 똑바로 감고 창으로 들이치는 밤 햇살의 비스듬
한 생기를 바라봤다. 그 혹은 그들은 쿠버의 손길을
따라 부풀어가는 요술 부지깽이를 신기하게 느꼈다.
그 혹은 그들은 눈앞에 없는 타자기를 두드렸다. 몽
상가들은 작가와 시간을 묵독했다. 쿠버는 자신의 손
가락 없이도 탁탁탁 소리 나는 투명한 타자기를 감쪽
같이 바라봤다.

2월 4일◔

◔ 독자 여러분께 밝혀드립니다. 지금까지의 2월 4일은 티브이 프로그
램「1932년 2월 4일」의 형식을 그대로 차용한 것으로, 처음부터
순서대로 잠자는 미녀, 하녀 볼기 치기, 베니스의 피노키오 일화에
시간상으로 힘입었습니다. 그러므로 각각의 2월 4일에 맞게 시계의
시곗바늘을 돌렸다 돌려놓으시길 바랍니다. 쿠버는 이제야말로 살
아 있는 독자들을 추모하기 위하여 시간을 열어두었다.

36

죽은 자들과 함께[1]

스미스 부부는 중국인 요리사 재키 챙의 얼굴이 그려진 포장 누들 박스를 하나씩 들고 소파에 앉았다.[2] 스미스는 깡통 맥주의 뚜껑을 땄다. 스미스는 티브이를 켰다. 뉴스가 시작됐다. 스미스와 스미스는 간장 소스 냄새를 풍기며 후룩후룩 저녁을 삼켰다. 스미스가 미지근한 트림을 했다. 스미스는 마른 간장 냄새로 컴컴해진 집 안을 밝히기 위해 전등 스위치를 올렸다. 스미스의 찌그러진 깡통이 테러리스트처럼 뉴욕 라스트 타임스[3] 1면 위를 점령했다. 스미스는 짙은 주홍 털실에 붙은 나른한 시간을 감았다 풀고 감았다 풀었다. 스미스는 충혈된 눈을 비볐다. 스미스

---

1) 그 시절 선풍적인 인기를 끈 바 있는 리얼리티 쇼 프로그램으로, 온갖 사건·사고를 재현하며 유령들 사이에서 인간을 찾아내야 했다.
2) 앨프리드 히치콕이 감독하고 진 레이먼드, 로버트 몽고메리가 주연한 영화와는 상관없는 브란젤리나사의 포르노. 유령이 된 스미스 부부가 폐가에 모인 24쌍의 스미스 부부와 24시간 동안 그룹을 이룬다는 것이 주된 내용으로, 섹스와 사정 장면이 단 한 차례도 등장하지 않는다.
3) 뉴욕에서 발간되는 미국의 대표적인 유령 신문. 유령들의 가십 기사를 주로 다룬다.

는 목젖이 보이도록 하품을 했다. 뉴스, 타이틀이 떴다. 스미스는 시그널에 맞춰 방귀를 뀌었다. 스미스도 다섯 번의 방귀를 연속으로 뀌었다. 스미스와 스미스는 냄새 맡고 마주 보고 웃었다. 반으로 접힌 눅눅한 신문은 소파 발걸이 위에, 꽁꽁 감긴 털실은 소파의 가장자리에 놓였다. 그 신문과 실타래 사이에서 스미스와 스미스는 정물처럼 꼼짝 않고 앉아 있었다. 스미스와 스미스 앞으로 다시 뉴스가 도착했다. 두 개의 건물이 속보로 무너져 내렸다. 스미스와 스미스가 허리를 굽히며 그림을 빠져나왔다. 부서진 건물 안에서 큰 불길이 달려 나왔다. 스미스와 스미스는 동시에 턱을 괴었다. 비명이 치솟았다. 스미스와 스미스의 동공이 커졌다. 한 소방관이 불타는 여자아이를 안고 건물 밖으로 기어 나왔다. 스미스와 스미스는 흥미진진해졌다. 스미스와 스미스는 죽음의 활력으로 미소를 지었다. 그리고 연기, 연기, 연기. 흑백 스펙터클이 지나갔다. 리얼리티는 끝없이 이어질 것이다. 스미스는 확신에 찬 티브이를 껐다. 스미스와 스미스는 서로의 죽은 성기를 쓱 한번 어루만졌다.
오늘의 야간 근무를 위해 스미스와 스미스는 싸구려
진을 들고 각자의 방으로 흘러 들어갔다. 잔영이 사
라진 스미스 부부는 컴컴한 브라운관에 그대로 고정
되었다.

소설을 써라, 소설을, 소설 캐비지 여
사의 제 신발 좀 찾아주세요. 슬리퍼예
요, 푸른 슬리퍼*

캐비지 여사는 잠든 사람들을 위한 일환책으로 조
곤조곤 소리쳤다. 제 신발 좀 찾아주세요. 슬리퍼예
요, 푸른 슬리퍼. 주는 것 없이 선량한 목소리였다.
땀 흘리며 인상 구기며 밀린 잠들 속에서 캐비지 여
사의 목소리는 태생적인 한계를 가졌다. 캐비지 여사
는 자신과 가까이 마주 보고 선 아직 젊은 사내를 흔
들어 깨웠다. 공리주의적인 발상이었다. 사내는 헐렁
하고 거대한 외투 속에서 바야흐로 수구의 얼굴로 늙
어가는 중이었다. 사내는 실눈도 뜨지 않았다. 사람
들은 이번 역은 이번 역에서 고개를 앞으로 뒤로 꺾
었다. 삶은 환승역을 향해 갔다. 캐비지 여사는 지난
날, 우리 생애의 전부가 되어주었던 것들을 생각했
다. 땅불바람물마음 다섯 가지 힘을 하나로 모으면,
그렇지만 캐비지 여사는 다시 한 번 큰소리를 삼켰다.

---

* 본 픽션은 로라 헨리의 논픽션 「소설을 써라, 소설을, 소설 캐비지
여사의 제 신발 좀 찾아주세요. 슬리퍼예요, 푸른 슬리퍼」의 전체를
재구성하여 지운 것임을 밝힌다.

조용히 하자. 조용히 말해야 해. 우리는 공중도덕을 교육받았다. 우리는 매를 벌었다. 제 신발 좀 찾아주세요. 슬리퍼예요, 푸른 슬리퍼라는 말, 문이 열렸다. 스마트하게 밀려 나가는 사람들을 따라 캐비지 여사는 데굴데굴 문밖으로 굴려졌다. 캐비지 여사는 환승이 끝난 내리실 문 앞에 섰다. 마침내 캐비지 여사의 제 신발 좀 찾아주세요. 슬리퍼예요, 푸른 슬리퍼가 몇 부의 무가지들과 함께 보잘것없는 위용을 드러냈다. 교육적으로 우두커니. 문이 닫혔다. 꿈에 짓밟힌 캐비지 여사의 맨발에는 슬리퍼가 한 짝. 시들어 있었다. 캐비지 여사는 러시아워 드림 가운데에 속기된 제 신발 좀 찾아주세요. 슬리퍼예요, 푸른 슬리퍼를 읽었다. 판단 지어졌다. 사람들은 다시 제각각 골몰하며 추구해온 최대 다수의 최대 행복을 위해 팔짱을 끼고 좌우로 흔들렸다. 민영화된 자세였다. 삶은 탄핵 소추처럼 다시 속력을 내기 시작했다. 이런 날 제 신발 좀 찾아주세요. 슬리퍼예요, 푸른 슬리퍼를 잃은 캐비지 여사는 내려놓고 내려야 할 역을 놓쳤다.[*]

목성에서의 9년[1]

아주 먼 옛날 이 땅 위에 살고 있었던

내게 시간은 더디 오고

다시, 은하고속버스를 기다리는 심야입니다

두 그루 굵은 눈물이 이룬 이 별[2]의 대합실은

몇 잎의 물방울을 털어내며 침착

숨결을 고릅니다

내 곁에서 떠나가지 말아요

노랗고 붉은 꽃잎 간판 슬몃슬몃 꺼지고

짙은 안개 셔터는 잠꼬대처럼 도로로 내려오는 중

입니다

그대 없는 밤은 너무 쓸쓸해

구슬픈 혁명가는 계속됩니다 우주에서

---

1) Special Thanks to Sweetpea.
2) 태양계 내에서 가장 크고 무거운 눈물들이 자라는 행성. 숲의 면적
   이 지구의 1,400배에 이른다. 바람이 불 때마다 떨어지는 물방울들
   의 빠른 자전 때문에 행성 표면에 푸른 줄무늬가 만들어진다. 뜨거
   운 공기가 상승하는 지역은 밝게, 차가워진 공기가 하강하는 지역은
   어둡게 보인다. 표면에 있는 커다란 보라색 몽고반점은 태양계에서
   가장 커다란 눈물점이다.

사랑이 녹슨 기계들은 계속 잃는 자의 표정으로 철컹철컹 졸고

당신의 보조개를 향해

나는 일제히 투명해집니다

마지막 새[3]를 검은 입속으로 날려 보냅니다

후드드후드드 눈보라의 과립이 흐드러지게 투약된 하늘

추방된 소라형 우주선 두 대 고요히 맺혀 있습니다

그대의 알뜰한 두 쪽 귀처럼

슬픈 마음도 이제는 소용없나

오목하게 부푼 눈물[4] 안으로

---

3) 고대 이집트에서부터 영혼을 위하여 사용되기 시작한 약의 일종. 새로 표현되는 '카ka'와 자아로 표현되는 '바ba', 두 가지 종류의 약이 있다. 가루약 카는 '사람이 죽으면 영혼은 육체를 벗어나 자유롭게 떠돈다'라는 약효가, 물약 바는 '사람이 죽어도 영혼은 수직으로 육체에 머문다'라는 약효가 있다. '카'와 '바'를 동시에 복용하면 '아크akh'라는 효과가 나타나는데, 한순간 영혼이 육체를 대신하는 기분이 든다.

4) 룰의 사진첩 『터미널』(루, 1886)에서 이 오목한 눈물의 전경을 찾아볼 수 있다.

혁명이니 예술이니

당신의 철책을 넘어서지 못한 영혼이 철썩철썩 부서집니다

과학적으로 은하고속버스는 오지 않겠습니다

더 오래고 오랜 시간

당신은 어딘가로 가려 한다

지구의 시집은 계절처럼 펼쳐지고

눈물들의 핏대 사이로 눈송이, 밑줄 친 문장의 속눈썹으로 연착륙합니다

언제 다시 나도 갈 수 있는지

침묵으로 무리 지은 물방울순록들이 깨끗한 뿔을 빛내며 차우차우……[5]

마음의 난민을 따라 얼룩져갑니다

---

5) "본래는 월산(月産) 개의 일종인 차우차우를 일컫는 말이나, 차우차우가 달을 바라보며 부르짖는 구슬픈 소리가 꼭 헤어지는 연인들의 울음과 비슷하다 하여 작별을 대신하는 말로 쓰인다" 륩, 『작별의 역사』(루, 1886) 참조.

블로우잡 Blow Job[1]

올해로 꼭 아흔아홉 살을 맞은 앤디 할아버지의 특기는 블로우잡이다. 이 아랫동네에서 앤디 할아버지가 약에 찌든 자지에서도 1분 안에 정액을 빼낼 수 있다는 소문을 모르는 사람은 없다. 앤디 할아버지가 랑베르 공원에서 부르는 노래가 얼마나 아름다운지 아는 사람도 물론 없다. 스팽글 바지를 입은 앤디 할아버지가 공원의 인어들[2]과 하얀 손수건을 흔들며 부르는, 말뚱 같은 양키 녀석들에게 흠씬 두들겨 맞고 터진 입술로 읊조리는 그 노래 말이다. 나는 밤을 선명하게 기억한다. 목선 안에 숨어 오줌싸개 뒤샹의 자지에 처음으로 붉은 립스틱 왕관을 씌우던 밤, 검은 새들이 부리를 떨어뜨리고 날아오르며 마릴린나무들의 푸른 숄을 푸드덕 털던 밤, 뒤샹과 함께 듣던 앤디 할아버지의 노래는 마미의 공단 드레스만큼 황홀했다. 목선의 창으로 내다보이는 에메랄드빛 하늘로

---

1) 1963년 앤디 워홀이 제작한 30분짜리 영화. 상영 시간 내내 블로우잡을 받는 한 남자(Willard Maas)의 얼굴만을 보여준다——작가 주.
2) 여장 남자들을 뜻하는 달랑베르 지방의 은어——옮긴이 주.

새벽까지 미러볼이 돌고 돌았다. 그리고 마침내 뒤샹이 오줌을 갈기고 엉덩이를 흔들며 목선 뒤에서 나오자 랑베르 공원으로 다시 아침이 찾아왔다. 똥구멍에 버드와이저가 쑤셔 박힌 앤디 할아버지의 시체를 발견한 건 나였다. 나는 랑베르 공원의 퀵보이. 퀴퀴한 거미줄 냄새를 풍기던 로베르토 신부님의 자지를 1분 안에 해치우고 내가 나에게 붙인 별명이다. 원래 이름은 앤디, 앤디 워홀이다. 펀치 드렁큰 먼로였던 마미의 머릿속에서 나온 생각이다. 구역질 나오게 촌스럽다. 나도 안다. 1963년. 나는 미소년 다섯 명[3]에게 자지를 빨리는 한 남자[4]의 얼굴을 찍어 영화로 만들 계획이다. 그리고 아흔아홉 살이 되는 밤, 나는 랑베르 공원에서 죽을 것이다.

---

3) 작가 선생님 대신에 이런 걸 적어도 되는지 모르겠지만, 나, 퀵보이의 생각에 의하면 블로우잡은 남성의 전유물이에요—화자 주.
4) 나, 퀵보이는 마음먹었어요. 윌러드Willard 수도사님 같은 배우를 캐스팅하기로요—화자 주에 맞춰 쓴 작가 주.

게리가 무어라고 하던 복제품을 위한 추도사[1]

세상에서 가장 슬픈 기타를 메고 애덤은 덤덤하게 말했다

그는 예순번째 리뉴얼된 삶을 살았습니다 사망 원인은 아직 밝혀지지 않았습니다

스―페인 행성에 있는 코스타 델 솔 호텔에서였다

너는 세상에서 가장 슬픈 기타를 메고 돌아온다[2]

그 옛날 지구에 속했던 아일랜드의 벨 파우스트에

---

1) 그 이후 하나의 개체에 하나의 복제 개체만을 만들도록 하는 생명윤리강제법이 제정되었음에도 복제 개체를 반대하는 생명윤리연합에서는 여전히 복제 개체 생산 전면 금지를 주장하고 있다. 그들은 복제 개체를 대신해 인간을 포함하는 로봇 생물들을 더욱더 활발히 생산해야 함을 대안으로 제시하고 있다.

2) 복제 개체가 자신의 삶을 리뉴얼할 때마다 입력하는 죽음 코드 스키드로의 록밴드식 표기. 『이스구로를 위한 블루스』 중 격추된 비행기에서 기적적으로 살아난 사람들이 등장하는 부분 일부를 코드화한 것으로 알려졌다.

서 그는 최초로 생산되었습니다 그는 한 아이의 장난
감이 되어주었습니다 게리라는 이름의 그 아이가
「Always Gonna Love You」를 연주할 때까지 그는
아낌없이 죽었다 살아났다 했습니다 그 아이가 소년
으로서 연줄 끊으며 집을 떠날 때까지 그는 나를 보
내지 마 삶을 총 열여덟 번 갱신했습니다

너는 세상에서 가장 슬픈 기타를 메고 돌아온다[3]

아이가 없는 집에서 그의 삶과 죽음은 무용지물이
었습니다 아이가 없는 부모들에게 아이를 코드화한
프로그램은 혹독했습니다 아이의 부모들은 양육을 잃
은 손발에 입김을 불며 그를 내쫓아, 버렸습니다 그
는 집을 떠나 기타 등등으로 살아, 버려졌습니다

---

3) 추모곡으로 자주 불리는 노래 「이스구로를 위한 블루스」에 쏘런 민
   요 「스키 로드」를 조화롭게 결합해놓은 노래 「세상에서 가장 슬픈
   사나이」 중에서 일부를 담아 왔다.

너는 세상에서 가장 슬픈 기타를 메고 돌아온다[4]

집을 떠나온 후에 그는 록밴드 스키 로드의 기타로 정식 데뷔했습니다 그는 황량한 흑인 육체노동자들과 묘하게 어우러지곤 했습니다 그는 술에 취해 신 리지Thin Lizzy를 거치며 집을 잃은 슬픔을 인정받았습니다

너는 세상에서 가장 슬픈 기타를 메고 돌아온다[5]

독립 생활을 시작하면서 그의 영혼은 독자적인 길을 걷게 되었습니다 그의 삶은 블루스 음악을 띠었고

---

4) 록밴드 스키 로드가 xx70년 발표한 앨범 『이스구로를 위한 블루스』 중 동명의 타이틀곡에서 막판에 길을 잃은 가사의 한 구절을 우여곡절 끝에 찾아내 그대로 가져왔다.

5) 지구에서 일어났던 한 비행기 격추 사건의 최초 작전명으로 록밴드 스키 드로가 19xx년 발표한 앨범 『블루스를 위한 이스구로』를 거꾸로 재생했을 때 반복적으로 들리다 마는 소리를 눈에 보이는 대로 가져왔다.

한순간 그의 향수는 죽음으로 유명해졌습니다 옛적 지구에 속했던 쏘련의 전투기에 의해 격추된 보잉기를 재빠르게 떠올린 그였습니다

  너는 세상에서 가장 슬픈 기타를 메고 돌아온다[6]

  예순 번의 삶으로 지구를 떠돌아온 그가 자신과 똑같은 얼굴을 한 그를 시간이 지난 행성 스ー폐인에서 만났을 때 그와 그는 더는 바람을 따르는 소년들이 아니었습니다 그들은 희망에 겨워 게리가 무어라고 시작했던 그들의 삶을 Still Got the Blues라 부르고 있었습니다 자주 잠자코 잠잠하게 잠잠히 자주자주 술을 홀짝거렸습니다

  너는 세상에서 가장 슬픈 기타를 메고 돌아온다[7]

---

6) 코스타 델 솔이 자신이 묵었던 스ー폐인의 한 호텔에 남긴 낙서의 일부로, 훗날 코스타 델 솔 자신이 쏘련 민요에 이 낙서를 붙여 추모 노래 한 곡을 완성했다.

오래전 아주 오래전 일이지만, 아직도 당신을 생각하면 우울해요 하루하루가 왔다가 가지만 한 가지만은 잊을 수가 없어요 당신의 스카치위스키 향 만취한 그들은 어른스럽게 시엠송을 불렀습니다 그들이 어릴 적 함께 연주한 바 있는 노래라고 했습니다

너는 세상에서 가장 슬픈 기타를 메고 돌아온다[8]

그는 그만 죽고 싶다고 그는 그만 살아서 집으로 돌아가고 싶다고 말했습니다 그는 그에게 읊조렸습니다 내가 사라지고 네가 집으로 돌아가면 네가 제일

---

7) 위스키만을 전문적으로 생산하는 이스구로가 록밴드 스키 로드를 내세워 찍은 60분짜리 광고에 사용한 카피. 이 광고 하나로 이스구로 스카치위스키의 판매량이 급증하였다.

8) 이스구로와 코스타 델 솔을 거쳐 스-페인의 스키 로드까지 가는 은하철도 표에 새겨진 문구로 전 우주적으로 인기를 얻었던 블루스 밴드 스카치위스키의 노래 「쏘련」에서 소리 나지 않는 가사 일부를 그대로 적었다.

먼저 할 일이 나를 기억하지 않는 일이면 좋겠어 그
들은 끝내 필름을 끊었습니다

　　너는 세상에서 가장 슬픈 기타를 메고 돌아온다[9]

　세상에서 가장 슬픈 기타를 메고 애덤은 더는 덤덤
하게 말을 잇는 것을 잊었다

　그는 집으로 돌아갔습니다 이제 스틸 갓 더 블루스
는 그만의 것이 되었겠지요 그는 이제야말로 죽을 때
까지 혼자가 된 것입니다

　막 1분이 지난 행성 스―페인의 호텔 코스타 델 솔
에서였다

_____

9)『블루스 코드―스키 로드』중 다음과 같이 괄호 처져 있던 한 문
　　장의 뒷면을 가져와 변용하였다: (게리 무어는 세상에서 가장 슬프
　　게 기타를 연주하는 사나이였다.)

그린그래스Greengrass가 사라졌네[1]

그린그래스의 행방이 투명해지자 그의 낡은 이웃들은 그가 3행성 묘지로 돌아갔을 것이라며 인조 입술을 개방했다. 그린그래스는 녹색 사업을 시작한 1행성으로 이주해 온 이후에도 3행성의 그림자를 지우지 못한 사내였다. 그는 시시콜콜 그곳을 추억하며 다시 한 번 먼지 냄새 자욱한 토건 시절의 영광에 젖어들길 바랐다. 그가 매일 밤, 토목건축을 위한 노래가 자동 반복되는 비행 유리관 안에 누워 잠이 든 것 역시 그 때문이었다.

전격 Z는 4대강 제조 공장[2]에서 그린그래스와 함께 수면 장력을 최종 점검했다. 그는 그린그래스가 자신의 이름난 향수병에 담아 다니던 고약한 노래에 대해 다음과 같은 오래된 뉴 유클리드 홀로그램[3]을

---

1) 무덤에 살고 있는 전자 양(孃)이 푸른 풀의 후렴구에 붙여 부르던 가사.
2) XX10년, 네 개의 강이 사라진 3행성에서부터 최초의 생산 설비가 가동되었으나, 이후 행성이 묘지화되면서 일체의 생산 설비를 1행성으로 옮겼다.

보여주었다.

하늘엔 조각구름 …… 강물엔 유람선이 떠 있고 저
마다 누려야 할 행복이 언제나 …… 볼수록 정이 드
는 산과 들 우리의 마음속에 이상이 끝없이 …… 원
하는 것은 무엇이든 …… 뜻하는 것은 무엇이건 ……
이렇게 우린 은혜로운 이 땅을 위해 이렇게 우린 ……
노래 부르네.[4]

열두 개의 달들이 이루는 육중한 기계 화음이 멈
췄다. 눈살을 찌푸리고 흐릿한 노래를 지켜보던 전
격 Z는 서둘러 홀로그램 키트를 닫았다. 세차게 혀를
떨며 공장을 벗어났다. 전격 Z의 어깨에는 파릇파릇

---

3) 유클리드 기하학에 입각한 2세대 홀로그램으로 입체상들의 선명한
   재현이 가능하다. 현재는 입체상들의 정서까지 깨끗하게 드러내는
   6세대 홀로그램 뉴 트로지나가 널리 사용된다.
4) 3행성 녹색 사업 당시 널리 불리며 인기를 끈 노래 중 하나. 이후 여
   러 신축 행성에서 리메이크되었다. 이는 3행성의 여러 버전 중 하나
   를 빌려 온 것이다.

녹이 돋아 있었다.

　돌아가는 삼각지의 하소연 사이보그 i는 그린그래스와 일주일에 한 번씩 교제했다. i는 자신의 젖꼭지를 클릭했다. 그가 물고 빨며 녹음한 하소연들이 재생됐다. i가 눈꺼풀을 내렸다 올릴 때마다 i의 입에서 그린그래스의 늙고 천진난만한 목소리가 흘러나왔다.

　……저 푸른 룽산 위에 그림 같은 주상복합 건물을 지으며 사랑하는 우리 님과 한 백 년 시멘트를 바르고 싶어.

　i는 진저리 치며 목 밖으로 튀어나온 음성 인식 전선을 뜯어냈다. 목소리를 가다듬으며 증언했다. 사이보그지만 괜찮아 병원5)을 권했어요. 덴시 힌지Denci Hinji의 방송6)에서 3행성 증후군에 대해 들었거든요.

_____

5) 前 세계 정신병원 부지에 들어선 그림자 제거 전문 병원. 보이는 그림

i는 흰 젖을 닦고 유리관으로 되돌아갔다.

　그린그래스는 잠시도 발각되지 않았다. 정비된 강
을 따라 가뭄과 홍수가 발생했다. 1행성 일대는 대대
적으로 무덤이라는 확장자명을 가졌다. 사람들은 그
린그래스의 행불을 쉽게 잊었다. 망각은 무덤덤하게
이루어졌다. 행성의 물풀들이 죄다 부서졌다. 강물을
생산하던 열두 개의 거대한 인공 펌프 달들은 낙후되
며 기울었다. 강제 철거되는 건물 기계 인간 들이 속
속 새까맣게 드러났다. 무엇을 보느냐에 따라 달라진
몇몇이 연대 투쟁가처럼 푸른 풀[7]의 후렴구에 그린그
래스를 올렸다. 묘지를 그리던 그린그래스는 무덤의

자 보이지 않는 그림자, 뜬 그림자 가라앉은 그림자, 두꺼운 그림자
얇은 그림자 등 어떤 그림자라도 제거할 수 있는 곳으로 유명하였다.
6) 이야기상실증을 앓는 SF 소설가이자 포크 음악가인 덴시 힌지(전자
양)가 진행하던 라디오 프로그램 「안드로이드는 묘지를 꿈꾸는가?」.
7) 물기가 사라진 말기 3행성에서 널리 불리던 노래. 묘지의 공용 주파
수 달빛을 따라 1행성으로 전해졌다. 부르는 기계의 심정에 따라 후
렴구에 각기 다른 단어나 문장을 붙여 불렀다.

증상이 되었다.

　사라진 그린그래스가 나타난 건 묘지를 이룩한 생산 설비가 6행성으로 모두 옮겨 간 직후였다. 그린그래스는 다시 불투명 불면 상태로 전환된 비행 유리관에서 눈을 떴다. 그린그래스는 관 뚜껑을 열고 밖으로 걸어 나왔다. 하늘엔 버려진 관들이 기념 애드벌룬처럼 떠 있고 앙상한 강바닥엔 난파된 카지노선이 떠 있었다. 그린그래스는 저마다 누려야 할 인공 눈물을 다량 투약했다. 그는 자신이 그토록 그리던 묘지에 돌아와 있음을 확신하며 먼지 낀 목소리로 나직하게 1세대 홀로그램을 꺼내 불렀다.

　아아 우리 조국.
　아아 영원토록 사랑하리라.

산파들의 세계사[1]

달의 입술[2]

　몽골 고원지대 맹추맹추의 여인들은 바람의 장딴지
에 매달려 놀던 딸들답게 깡깡한 기골과 투박한 눈빛
으로 종종 사내라 오인을 받는데 그러거나 말거나

　그곳 어미 산파들은 해산달이 다 된 여인들을 찾아
나서는 저녁 붉은노을거미똥으로 빨갛게 물들인 젖가
슴을 내어놓고 야생 당나귀 딩가딩가에 오른다

　밤길 어미 산파들을 만나는 사람은 누구나 그녀들
의 축! 무르익은 가슴에 입을 맞추며 죽은 언니들의
무병장수를 비나니, 저 세계의 언니들이 건강한 아이
를 점지해준다는 마음 때문이다

---

1) 다음 열 개의 이야기는 이야기의 반출이 금지된 불한당들의 섬에서
　우편배달부로 일하던 네루다 씨가 지난겨울 그곳 검역관들의 침 묻
　은 손가락을 피해 보르헤스의 초판 『불한당들의 세계사』 1,000쪽과
　1,001쪽 낱장 사이에 숨겨 온 이야기 일부를 그대로 옮긴 것이다.
2) 언젠가 하늘에 달이 두 개였을 때, 떨어져 있던 두 개의 달이 서서
　히 포개지는 기간을 사람들은 입맞춤이라고 불렀다. 그 오랜 입맞춤
　의 시간 동안 연인들은 사랑을 나누게 되는데, 그 사랑은 키스라고
　불리었다.

맹추맹추 사람들은 이 어미 산파들을 달의 입술이
라고 부른다

난봉꾼 마초의 불알³⁾

대초원 들소의 대음순을 다 적실 정도로 젖이 돈다
하여 거유(巨乳)의 방이라고 불리는 팜파스 어미 산파
들은 초원을 침범한 빳빳한 무기들을 꺾고 수백 년간
말랑말랑한 능선을 지켜온 언니 가우초들의 후예다
　모르는 사람만 모르는 사실이다
　이들은 말 타고 퀄런 말기를 자유로이 하며 긴 가
죽 장화에 칼과 볼라를 숨겨 다니며 거대한 유방을
방실방실 흔들며 난봉꾼 마초의 불알을 왕왕 잘라내

---

3) 바람까마귓과의 큰언니들이 수백 년 동안 대대로 연구해온 불알 요
리법에 따르면 알 만한 사람들이 다 아는 가장 맛 좋은 불알은 호색
한의 불알이며, 그 불알을 가장 맛있게 요리하는 비법 중 하나는 불
알을 볶을 때 돼지 불알과 돼지 오줌 두 스푼을 함께 넣고 볶아주는
것이다.

까마귀들에게 간식으로 던져준다

팜파스의 어린 신부들은 바람기 있는 신랑의 베갯
속에 말린 까마귀 똥을 잘게 부수어 넣어둔다

알류트 마을 오로라 번지[4]

한 톨의 불씨와 할머니의 노래가 얼어버린 사람의
심장을 녹인다고 믿는 알래스카 알류트 마을에는 태
초의 이야기라 불리는 새끼 산파들이 있네

창백하고 파란 눈보라의 속눈썹이 지상으로 내려와
긴 긴 길어진 밤

태초의 이야기는 산모들의 눈썹을 문질러 길을 내
며 옛 노래로 어린 산책자의 이름을 짓네

---

4) '어느 날 아흔아홉 살의 젊은 과부가 산파를 찾아와 이르길, 이보
오. 김수한무거북이와두루미삼천갑자동방삭치치카포사리사리센타
워리워리세브리캉에 버금가는 가장 긴 이름을 이제 곧 태어날 나의
어린 산책자에게 붙여주오.' 이는 젊은 과부들이 모여 사는 달 아래
카차캄에서 가장 긴 이름이다.

알류샨 산맥을 넘는 바람의 부레 휜 구름 모자를
쓴 달 아래 눈의 꽃잎을 신은 야생늑대 와 춤추며 별
을 따는 순록 뿔

알류트 마을 오로라 번지에는 새로이 아이의 이름
이 불릴 때마다 이야기가 새록새록 돋아나는 초록 툰
드라가 있네

총각귀신들의 밤 산책[5]

달이 엉덩방아를 찧어 생겼다는 달 밑 고을의 월순
(月脣) 할머니는 벌써 수년 전 바람과 눈이 맞아 산파
들의 세계에서 명예퇴직한 아흔아홉의 노처녀다

풍으로 찌부러진 자신의 눈을 윙크로 잘못 알고 찾

---

5) 밤은 넓고 깊으니 이때에 처녀귀신들이 또한 모이는 곳이 이판사판
공사판이라 〔……〕 (문자들이 알아보기 어렵게 얼룩져 있어 기록하
지 못함) 온갖 사내들을 〔…(얼룩들)…〕 모아놓고 구워 먹고 삶아
먹고 튀겨 먹고 총총 밤 산책 나온 총각귀신들과도 뼈가 맞아 백년
해로하는 처녀귀신들이 있었다.

아오는 젊은 저승사자와 매일 밤 신통한 재미를 보는 맛이 삼삼하여 요즘도 아침마다 짱짱 검은 머리카락이 자란다

하여 월하의 공동묘지에 삼삼오오 모여 화투짝을 맞추는 늙은 산파들의 관심사는 스리고에 피박이 아니라 월순이 주선하는 풋내기 저승사자들과의 밤놀이라

벌떡벌떡 달뜬 한밤 때때로 떼로 배 맞추는 소리에 엄하게 마을 과부들이 헛구역질하고 웬 과부는 때마침 애를 순풍 놓으니

무덤에 독거하는 총각귀신들 밤 산책이 길어지는 때도 이때다

거미줄 카펫
우리는 거미와 같다
우리는 우리의 삶을 짜나가고
그 속에서 움직인다
우리는 꿈을 꾸며 그 꿈속에 사는 사람과 같다
이 말은 우주 전체에도 해당한다
우파니샤드

인생에 사는 라주 핸디크 씨는 밤마다 투명한 꿈을 뽑아 농롱한 카펫을 지어냈다. 동이 틀 무렵이면 사람얼굴들은 카펫 아래 모여 물을 뚝뚝 떨어뜨렸다. 애스홀! 애스홀! 애스홀! 다리들을 미미히 떨었다. 떨림은 저 아래 거미얼굴들에게까지 전파됐다. 거미얼굴들은 라주 핸디크 씨의 꿈인지, 카펫인지, 이야기인지를 일러 똥구멍 아라비안나이트라 불러 전하고 전했다.[1]

_____

1) 전해지는 말에 의하면, 인생 서남부 거미줄에 라주 핸디크 씨의 마지막 카펫 일부가 보관되어 있다고 한다.

✳

　릭샤 운전사 라주 핸디크는 거미 먹는 사나이. 그는 거미다리수프, 거미몸통커리, 거미산바, 거미를 얹은 차바티, 파로타, 푸리를 먹지. 입맛이 없을 때는 거미회를 먹기도 하지. 맛이 괜찮은지 알 수는 없지 (맛이 궁금하다면 당신이 직접 잡숴! 잡숴! 잡숴!보시라). 거미 먹는 라주 핸디크는 천 일 전의 야화. 시간을 거슬러 올라가야[2] 알아들을 수 있지.

✳

　그날 밤, 한 주정뱅이가 라주 핸디크의 심창을 두드렸다. 라주 핸디크 씨였다. 마셔도 마셔도 취하지 않는 술을 주면 거미줄 카펫을 짓도록 해주겠소. 라

---

2) 인생에서 흔히 볼 수 있는 시간 이동. 주로 생물의 수면력을 이용한다.

주 핸디크는 아껴둔 꿈을 내왔다. 꿈이 다 사라질 때
쯤 하늘의 눈썹이 지워졌다. 라주 핸디크 씨는 현실
로 곯아떨어지며 소리쳤다. 더도 덜도 말고 거미주와
ㄹ! ㄹ! ㄹ! 을 먹게. 꿈과 함께 밤을 지새운 아들을
보며 라주 핸디크의 어머니는 말했다. 밤낮으로 거미
를 먹어대다 진짜 거미로 변하는 건 아닌지 걱정이지
만, 그럼 어뗘누. 거미줄 카펫 하나면 인생의 똥통[3]
에서 벗어날 수 있는걸. 꿈이 시작된 것이다.

　두 개의 눈썹달이 미간의 간격을 맞추는 밤이었네.[4]

---

3) 똥오줌을 담는 통이 즐비하게 묻힌 인생 서남부 지방의 변소 골목을
　낮추어 이르는 말.

4) 하늘에 달이 두 개였을 때, 사람들은 한 밤 두 가지의 꿈을 동시에
　꿨다. 사람들은 그 꿈들을 각각 사람의 꿈, 거미의 꿈이라고 불렀
　다. 1년 중 딱 한 번 이 두 꿈이 포개지고 스미고 번지는 때가 있었
　으니, 사람들은 그즈음을 가리켜 두 개의 눈썹달이 미간의 간격을
　맞추는 밤이라 하였다.

달빛을 쐬러 유모를 따라나선, 마을에서 처음으로 못생긴 아가씨의 얼굴이 라주 핸디크의 꿈에 걸렸네. 유모,

아가씨 라주 핸디크의 빛을 마주 보고 그 자리에서 걸음아 날 살려라 까무러쳤네.

아가씨! 아가씨! 못생긴 우리 아가씨!

언제 다시 눈을 뜰까.

아가씨를 둘러싼 얼굴들이 걱정했네.

아가씨 얼굴에 검은 이끼가 꼈네. 걱정했네.

아가씨의 콧구멍에서 쭈뻣쭈뻣 털들이 솟았네. 걱정하다 다 죽었네.

빠진 털들이 새끼돼지들에게로 옮겨 붙었네.

봄이 처음에는 네 발로 다음에는 두 발로 마지막에는 세 발로 왔네.

눈 뜬 아가씨 마을에서 가장 오래된 소녀가 되었네.

＊

　라주 핸디크는 한밤중에 별빛 불가사의와 마주쳤다. 운명에 빠졌다. 유모, 소녀는 순식간에 눈을 닫았다. 라주 핸디크는 밤마다 소녀를 짜 올렸다. 꿈꾸는 얼굴이 되었다. 라주 핸디크는 얼굴을 찾기 위해 얼굴을 창가에 내걸었다. 얼굴을 지나가던 얼굴들이 소리쳤다. 억울! 억울! 억울![5] 눈먼 세월이 계속됐다. 소녀의 얼굴을 가져가려는 얼굴들은 나타나지 않았다. 라주 핸디크의 어머니는 인생의 똥통에서 아사했다. 라주 핸디크는 간신히 말라 비틀어졌다. 비정규적으로 하늘이 노래졌다. 파래졌다. 노랗고 파란 두 개의 눈썹달이 미간의 간격을 넓히는 밤이었다. 원래부터 어여뻤던 유모를 빼닮은 딸의 원래부터 어여쁜 딸이, 저 얼굴을 들여가겠어요. 라주 핸디크는 원래

---

5) 인생 서남부 지방의 릭샤 운전사들로부터 쓰이기 시작한 대관절감탄사의 하나. 라주 핸디크의 희비극 『어, 굴하다』가 크게 유행하면서 인생 전역으로 그 쓰임이 늘어났다.

부터 어여뻤던 유모를 빼닮은 딸의 원래부터 어여쁜 딸을 침착하게 뒤따랐다. (계속)

눈귀, 사라진 말을 찾아라[1]

독자, 열흘 하고 닷새 전 일이네. 잠결에 귀신 씻나락 까먹는 소리를 듣고 밖으로 나가니 언 황발 소녀가 소리 없이 늙어가며, 아저씨 정적으로 가는 길이온데 말 한 모금만 마시게 해주오. 입을 벙긋대는 게 아닌가. 그에 내 어쩐 일인지 놀라지 아니하고 고부랑 소녀를 입안으로 불러들여 말 한 사발과 부사 한 알을 꼭 쥐여주며 언제라도 입안을 지나가게 되면 들리어라 했네. 그에 한순간 더 늙은 소녀가 울며 가며 말하길, 아저씨 고마우이. 그래 내 하는 소리인데 내일 사람인지 귀신인지 모를 아리따운 언니 하나가 이 시간에 찾아와 말 좀 빌려주쇼 하면 우리 집 말은 어제 다 동났으니 다른 집에 들려보라 하쇼. 꼭 그러쇼. 내 그 폭삭 늙은 소녀의 이야기를 듣다가 반쯤 나간 넋을 다시 불러들여, 보니 잠결이었네. 소녀는 온데간데없고 말이 사라진 사발과 부사의 씨가 오도카니

---

1) 우리나라 최초의 서간체 탐정소설 『　』에 힘입었다. 『　』에는 정해진 인물, 사건, 배경이 없어 다양한 판본들이 존재한다. 이 때문에 여기, 모든 제목을 『　』로 적어 읽는 이에게 고스란히 떠넘긴다.

나를 보고 있더군. 불현듯, 세상에 없는 가벼운 말들이 떠올랐네. 떠오른 말들을 건져 읊으며 다시 잠의 망망대해로 들었네. 잠시 후, 읊기를 마치고 눈을 떴네. 꿈은 사라지고 말들은 다시 세상에 없는 말이 되고 날은 사흘하고도 반나절이 지나 있었네. 허기가 지더군. 입안을 나왔네. 종이와 붓을 사볼 작정이었네. 생각해보니 옛날 옛적이었지. 입안샘을 거닐었네. 배다른 자식을 열하나 두고 남의 배 속에 하나를 더 둔 니꼴라이 나리[2]와 열두 명의 본처를 둔 라이오밍 영감[3]과 여섯 명의 부인과 두 번씩 결혼을 한 총각 까롤로스[4]가 꼴좋게 말을 잃고 그 큰 방망이들을 내어놓고 꿀 먹은 유령처럼 샘 주변을 휘뚜루마뚜루 돌

2) 『   』부터 등장하기 시작한 니꼴라이는 『   』에서 열두번째 처에게 죽임을 당한 이후에도 유령의 몸으로 『   』까지 배회한다.

3) 『   』에서 열두 명의 첩들에게 버림을 당한 라이오밍은 그 후로도 『   』까지 열두 명의 본처들에게 붙어먹는다.

4) 『   』부터 사라지기 시작하던 까롤로스는 『   』에서 여섯 명의 부인과 두 번씩 첫날밤을 보냈으나 단 한 번도 총각이 아닌 적이 없던 불운의 인물로 나타나 지금까지 사정없이 살아남았다.

아다니고 있지 뭔가. 때마침 유령들 사이로 막가는 부인[5]이 있어 입을 여니 막가는 부인이 말도 없이 구시렁거리더군. 이 늙어가는 사람 좀 보시게. 산 사람 말 사라지는 일 무엇이 대수라 그러시오. 말이 사라지더군. 나 역시 침묵에 대해 전혀 모르는 바는 아닐세. 오랜 시간 입안을 맴돌지 않았던가. 허나 내 암만도 그 황발 소녀인지 황발인지의 이야기가 영 잊히지 않아 그길로 종이와 붓을 사 들고 와 이냥저냥 하다 독자, 자네에게 편지를 써 보내는 것이네. 언제라도 좋으니 자네가 이곳을 한번 방문해주면 좋겠네. 기척을 주면 내 내일 밤이라도 당장 그 말 없는 유령들을 어르고 달래 자네에게 보낼 것이니 그들과 함께 열흘하고 닷새 전 밤으로 와주길 바라네. 몰래 사정을 살펴 조사해주게. 나는 자네가 올 때까지 가라앉은 말

---

5) 『　』이후 사라졌던 막가는 부인은 『　』에서 마을의 세 난봉꾼들에게 두 딸을 잃고 홀로 살아가는 여인으로 재등장, 탐정과 범인과 사람과 귀신을 오가며 작품을 수상한 오리무중에 빠뜨린다. 그 오리무중은 오늘날의 독자들에게까지 고스란히 전해지고 있다.

의 목록을 기억해 적어보도록 하겠네. 그게 이 말 사
라진 사건을 해결하는 실마리가 될지도 모르잖는가.

시들시들 시든 숲의 시든 씨[1]

자, 당신은 시들시들 시든 숲 속으로 들어갑니다
그러나 이것은 숲에 관한 이야기는 아닙니다

당신은 시들시들 시든 숲 속으로 들어가 말라죽은
목긴나무 아래 어딘가 섭니다
그러나 이것은 나무에 관한 이야기는 아닙니다

당신은 시들시들 시든 숲 속으로 들어가 말라죽은
목긴나무 아래 어딘가 서서 풋 떨어지는 시간을 빈손
으로 잡습니다

---

1) 다음 최면이 처음 이루어질 당시—이 최면은 무사히 쓸쓸히 녹슨
녹슨 숲의 녹슨 씨에게 뿌리내리고 있었다—나는 이제니 시인의
녹슨 씨의 녹슨 기타를 떠올리지 못했다 이후, 나는 나의 최면술이
이제니 시인의 최면술과 닮았다는 생각을 하게 되었고 아마도 아프
리카를 펼쳤다 펼쳐진 곳에서 녹슨 씨의 녹슨 기타는 연주됐다 그때
부터 나의 최면은 낡았다 그러나 나는 녹슨 씨가 녹슨 기타로 연주
하는 녹슨 소리에 맞춰 이 낡은 최면을 사용해보기로 하였다 운명이
란 이런 것이다 다만, 시인의 운명에게 실례가 되지 않았으면 하는
바람이다 이하 작은따옴표는 모두 녹슨 씨의 녹슨 기타로부터 발췌
인용한 음들임을 소리 내어보는 바다

74

이제, 제가 잡초라는 말을 하면 당신은 숲과 나무에 관한 이야기는 아닌 이야기가 되고 시들시들 시든 숲에서 시간의 독을 한 입 베어 문 시든 씨에 관한 노래가 됩니다.

시든 씨의 얼굴에 잡초가 무성해요[2]

시든 씨는 시들시들 시든 숲 속으로 들어가요 죽은 시든 씨는 시든 씨를 앞서 있고 시든 씨는 시든 씨를 따라 졸졸졸 따라서 시들시들 시든 숲 속 위로에 은

---

[2] '으아아아아아아아아아아아아아아아아아아앙' 우연 한 마리가 날아왔네 오전 여덟 시 삼십 분부터 오후 여섯 시 삼십 분까지 내가 보는 그 검은 새의 눈동자에는 알랭 레네 감독의 잡초가 걸려 있네 잡초에는 얼굴이 없는 남녀가 있네 붉은 지갑을 든 푸른 잡초 무성한 그린 남자와 푸른 가방을 멘 붉은 머리카락 무성한 그린 여자라네 이미지는 필연적으로 낡으며 시작된다 그러므로 나는 마지막까지 우연의 한 얼굴을 시든 씨에게 그려 넣기로 하네 운명이란 또한 이런 것 다만, 운명적인 이미지에게 실례가 되지 않았으면 하는 바람이네 이하 불어오는 작은따옴표는 모두 잡초로부터 솎아내어 인용한 잎이지 흔들어 보이는 바네

하수가 흐르는 밤이에요 어디서 두 눈을 동그랗게 뜨고
부엉이는 시들시들 시든 숲의 속눈썹에 앉아 시름시
름 울고 있어요 울고 있는 숲은 울울창창 푸르죽죽해
요 시든 씨의 얼굴은 죽도록 푸르고요 고요한 시든
씨는 삭둑삭둑 자란 안개를 느리게 늘어뜨리고 있어
요 시든 씨는 시든 씨를 향하고 시들시들 시든 숲 속
의 밤을 홀짝홀짝 맴돌아요 그러나 이것은 눈에 보이
는 노래는 아니에요 시든 씨는 시든 씨를 드디어 껴
안고 시들시들 시든 숲 속 한순간 넝쿨을 등지고 더디
돌아누워요 시든 씨와 시든 씨는 영원을 서약하는 새
신랑들처럼 소곤소곤 서로의 눈썹을 쓰다듬어요 너의
눈썹에서 잠이 쏟아지는구나 그러나 이것은 두 사람
에 관한 노래는 아니에요 시든 씨의 안개는 한 마리
꿈꾸는 마틸데 푸른 안개꽃을 이뤄요 어슴푸레 새벽꿈
에 잠긴 시든 씨는 시들시들 시든 숲 속을 빠져나와
혼자, 가는 먼지의 집으로 돌아와요 안개 낀 잠옷을
입은 채로 시든 씨는 가는 먼지가 가득한 침대에 한
순간 도로 누워요 시든 씨는 시들시들 눈썹을 문지르

76

고 소곤소곤 잠꼬대해요 너는 참 아름다운 잠을 가졌
구나 잡초가 무성하게 자란 시든 씨의 시든 얼굴에는
안개방울이 촉촉하고 시든 씨는 시푸르게 말라가요
그러나 이것은 한 사람의 죽음으로 끝맺는 노래예요

자, 이제 제가 운명이라는 말을 하면 당신은 시들
시들 시든 숲 속 말라죽은목긴나무 아래에서 눈을 뜨
고 한 입의 자리가 누렇게 변색한 시간을 버리고 입
술을 다물고 혼자 가늘고 먼 집으로 돌아옵니다 시든
씨 당신은 잡초가 무성한 시들시들 시든 숲의 시든
씨를 영원히 기억하지 못합니다

시든 씨는 운명하셨습니다[3]

---

[3] '무언가 생겨날 거라고 아무도 생각하지 않았던 곳, 예를 들어 벽
틈이나 천장에서 잡초가 돋아난다 만날 이유가 전혀 없는 두 사람,
서로 사랑하게 될 이유가 없던 두 사람도 마찬가지다' 알랭 레네는
말한다 마찬가지다 이제니와 김현도 알랭 레네와 김현도 노발리스
와 김현도 마찬가지다 그(그녀)와 그(그녀)도 마찬가지다 무엇보다

지금 읽는 당신과 지금 읽히는 나도 마찬가지다 운명이란 역시 이런
것이다 다만, 모든 운명의 마찬가지에게 실례가 되지 않았으면 하는
바람을 활짝 피워본다 이하 작은따옴표는 모두 노발리스의 푸른 꽃
으로부터 추출해온 낭만들임을 세계화해 보이는 바다

그들이 약에 취했을 때[1]

UFO가 지나갔다. 와타나베는 알몸으로 양변기 위에 앉았다. 하루살이 몇 마리가 욕실 벽에 기다란 귀를 붙이고 침착하게 잠들어 있었다. 저녁에 먹은 환희와 고양이장조림[2]이 잘못된 걸까. 와타나베는 아랫배에 힘을 줬다. 연둣빛 오줌 방울이 또록또록 흘러나왔다. 나쁘지 않은 시작이군. 와타나베는 시푸른 입술로 중얼거렸다. 욕실 창문으로 큰 이상과 작은 이상의 말다툼 소리가 사각사각 들려왔다. 오늘도 역시나 작은 이상이 문제였다. 너는 영원히 겁먹은 어린아이로 남고 싶은 것뿐이야. 큰 이상이 던진 유리

1) "그럽 스트리트에서 20개 이상의 미확인비행물체를 봤다는 제보가 잇달아 관심이 증폭되고 있다. 3일 자 『더 문』에 따르면 목격자들은 밤 11시 30분에서 12시 사이 밤하늘에 줄지어 나타난 비행 물체를 보았다고 한다. 특히 목격자들 대부분이 이 비행 물체가 수 분간 상공에 머물며 흰 알약들을 떨어뜨렸고 증언함에 따라 이 알약의 정체에 대한 의견이 분분하다고 한다." 드럭스토어 일간지 『굿 나이트』 13일 자 참조.

2) 야생 고양이의 살코기를 간장에 넣고 조린 반찬. 검은 쥐 대통령 재임 시절, 빈곤한 서민들을 위한 요리로 생겨난 이후 오늘날까지 줄곧 어쩔 수 없는 사랑을 받고 있다.

병이, 산산이 조각난 술병의 짙은 냄새[3]가, 작은 이상의 노랫소리가 날카롭게 깨졌다. 늘 똑같군. 입을 꾹 다문 욕실의 정적 속으로 와타나베의 낮은 목소리가 울려 퍼졌다. 와타나베는 푸르뎅뎅한 낯빛으로 변기에 붙은 음모들을 내려다보며 바들바들 떨었다. 묽은 변이 쏟아졌다. 환희라는 건 똥통 속의 똥일 뿐. 와타나베는 말랑말랑해진 눈을 끔벅이며 일어섰다. 물을 내렸다. 쉬쉬거리는 숨소리가 나를 곧 삼켜버릴 것 같군.[4] 와타나베의 앙상한 다리로 똥물이 흘러내렸다. 초록 괴수가 따로 없군. 나쁘지 않은 마지막이야. 혓바닥을 거울에 비춰보던 와타나베가 수납장을

---

3) 벨기에 출신의 가수 르네 마그리트가 1967년 8월 16일에 발표한 노래의 제목. 「겨울비」 「이것은 마리화나가 아니다」 「환희라는 이미지의 배반」 「코카인에 취한 부인 내실의 철학」 「피레네, 약장수의 성」 「빛의 제국」 등의 노래와 함께 앨범 『死後』에 수록되어 있다.
4) 왕바퀴과에 속하는 대형 바퀴벌레 마다가스카르를 연상해 적은 것으로 보인다. 쉬쉬 하면서 우는 소리가 휘파람처럼 들려 휘파람바퀴벌레라고도 불린다. 주로 쓸쓸과 의사소통을 할 때 우는 걸로 알려져 있다——옮긴이 주.

열고 우울과 몽상[5]을 꺼내 삼켰다. 나는 단지 이 세계와 어울리지 않겠다는 것뿐이야. 작은 이상의 목소리가 다시 창문을 넘어와 앵앵거렸다. 와타나베는 찬물을 세게 틀고 샤워기의 영향 아래에서 오랫동안 고개를 숙이고 있었다. 물렁물렁 주저앉았다. 녹아내리는 얼굴을 두 무릎 사이에 파묻었다. 녹색 물결이 하수구 쪽으로 줄줄 울었다. 와타나베 상, 와타나베 상. 분열이 다 떨어졌어요. 이상이 마음을 두드렸다. 하늘에서 흰 알약들이 펄펄 쏟아졌다.

---

5) 에드거 앨런 포의 단편을 태운 후 생기는 재에, 비화학적 공정을 가해 만든 정제. 검은 쥐 대통령 재임 시절, 쥐도 새도 모르게 시판되었다가 여러 가지 긍정적 작용으로 인해 현재는 공식적으로 시판이 중단되었다. 얼마 전 그 제조 과정을 상세히 정리한 '우울과 몽상 제조법 총정리' 파일이 인터넷을 통해 암암리에 유포되기도 했다.

나이트스위밍Nightswimming[1]

낮 뜨거운 한낮의 소음들이 사라진 그린 몬스터 야
외 수영장은 이제 마이클과 마이크와 피터를 포함한
빌의 차지가 되었다. 빌은 오래된 카세트덱의 재생
버튼을 눌렀다. 빅 페니스 같은 날이었어.[2] 마이크는
안전이라고 적힌 명찰을 굵은 목에서 빼내며 리비도
삼각 수영복을 벗어 던졌다. 린다 러브레이스의 트라
이앵글[3]은 죽여줬잖아.[4] 피터가 젖은 머리카락을 흔
들며 대꾸했다. 마이클의 귓불에 맺혔던 물방울이 똑
떨어졌다. 수면 위로, 오늘은 낮게 달이 떴어. 마이클
은 하품하며 일렁이는 물결달을 바라봤다. 그건 누렇
게 뜬 네 얼굴이야. 린다 러브레이스의 눌린 젖가슴

---

1) 그룹 R.E.M.이 폐장을 1분 앞둔 야외 수영장에서 공개한 야간 앨범
『Automatic For The People』에 수록된 곡. 그곳에서 제목을 빌려
왔다.
2) 일진이 사나운 날을 달리 이르는 말.
3) 꽉 끼는 청바지나 수영복을 입고 다리를 붙이고 서 있을 때 여성의
가랑이 사이로 생기는 삼각형의 구멍을 일컫는 말.
4) 실제로 포르노 영화『목구멍 깊숙이』에 출연한 여배우 린다 러브레
이스를 말하는지, 그녀와 닮은 여인을 말하는지 정확히 알 수 없다
—— 옮긴이 주.

같은데. 이건 R.E.M.[5]의 노래라고. 이런 멍청이들. 빌은 물때와 이끼가 범벅인 타일을 닦다 말고 동시다발로 중얼거렸다. 막대 걸레는 정적으로 서 있었다. 이제 이곳을 떠날 때가 됐어. 눈송이가 하나둘 흩날릴 때, 빌은 걸레질을 다시 시작했다. 그날을 기억나게 해요. 9월이 다가올 즈음이었죠. 난 달을 기다리고 있어요. 만약 하늘에 달이 두 개라서 달의 궤도에

---

5) "인간이 수면 시 취하는 안구 운동Rapid Eye Movement에서 이니셜을 따온 그룹 R.E.M.은 마이클 스타이프(Michael Stipe, 보컬), 피터 벅(Peter Buck, 기타), 마이크 밀스(Mike Mills, 베이스), 빌 베리(Bill Berry, 드럼)의 라인업으로 1980년 미국 조지아 대학에서 결성되었다. 앨범『Murmur』를 시작으로『Reckoning』『Fables Of Reconstruction』『Life's Rich Pageant』『Document』『Green』『Out Of Time』『Automatic For The People』『Monster』『New Adventures In Hi-Fi』등의 앨범을 발표하였으며, 빌 베리가 건강 문제로 그룹을 떠난 이후에도 새로운 멤버 보강 없이『Up』『Reveal』『Around The Sun』『Accelerate』등의 앨범을 꾸준히 내놓고 있다"라는 각주는 참조할 만하나 꼭 기억할 만한 것은 아니다. 이 경우에 기억할 만한 각주라는 것은 어느 밤, 고독의 구성 조건을 갖춘 한 조니 뎁이 나에게 이들의 위무를 전해왔다는 것이다. 나는 그가 행복하기를 마음을 다하여 바란다. 곧 당신에게도 찾아갈 그 조니 뎁들이.

나란히 붙어 빛나는 해의 주위를 돈다면 그 영원히
취하게 할 듯한 빛은 묘사할 수 없을 거예요. 야간 수
영은 조용한 밤에 하고 싶어지죠. 조용한 밤. 입 좀
다물어. 마이크와 피터는 마이클을 물속으로 밀어 넣
었다. 이봐, 넌 정말 지독한 음치야. 마이크와 피터는
상냥하게 늘어진 불알을 뒤흔들며 한목소리로 소리쳤
다. 한참을 가라앉아 있던 마이클이 밤하늘을 향해
배꼽을 내보이며 떠올랐다. 밤하늘은 물 위에서 바라
볼 때 가장 아름다워. 마이크와 피터가 반짝이는 타
일 바닥에 주저앉으며 물에 발을 담갔다. 터무니없는
청춘의 얼굴들을 위로 들어 올렸다. 우리는 다 컸어.
웨스트웨스턴웨하스는 이제 달콤한 홈타운이 아니야.
빌이 고개를 들며 가만히 읊조렸다. 저 별자리들은
그 자리에서도 오래오래 아름답잖아, 마이크. 저 우
주 너머를 봐. 이글 윙eagle-wing[6]을 펼친 아가씨들

---

6) 성기의 표정을 정면으로 활짝 내보이며 양쪽으로 크게 벌린 두 다리
   (M)를 일컫는 말.

이 이 피터의 베이비로션baby lotion[7]을 기다리고 있다고. 마이클, 우리는 별이 아니라 밤이야. 짙을수록 별들을 돋보이게 하는 암흑. 캄캄하게 노래가 멈췄다. 빌은 빌어먹을 카세트덱을 향해 막대 걸레를 던졌다. 혼잣말을 그만뒀다. 빌은 사다리를 타고 텅 빈 수영장으로 내려갔다. 시간은 파란 사각 타일이 깔린 야외 수영장을 맴돌았다. 빌은 물이 있던 한가운데로 걸어갔다. 난 모든 사람이 이해할 거라 생각하지 않아요. 마이클은 마이크와 피터의 허밍에 맞춰 늙어버린 빌을 위해 노래 부르기 시작했다. 눈 감은 빌은 마른 바닥에 머리를 대고 누웠다. 럭키에 불을 붙였다. UFO 한 대가 달을 스쳐 가고 있었다. 두 개의 달처럼. 연기 사이로 미확인 비행 눈송이가 쏟아졌다. 옛날 같지 않아요. 빌은 늙어가고 있음을 아는 표정으로 소리 내어 노래 불렀다. 폐장을 앞둔 한밤중이었다.

---

7) 희고 끈끈하며 아가처럼 곤하게 웅크린 정액을 일컫는 말.

진짜 소년 ✱

UFO 한 대가 드림랜드에 착륙했다. 모형 우주선이 사라진 자리였다. 거기, 진짜 소년이 있었다.

──지구를 떠나자.

지난 주말 진짜 소년은 흰 우유를 마시며 자라나는 진짜 소년에게 말했다. 틀려야 하는 산수에 의하면 13일의 요일에 이곳 어딘가에 UFO가 착륙할 거야. 요일이 되었다. 뼈가 조금씩 늘어난 진짜 소년들은 칼슘 같은 마음으로 배낭을 꾸렸다. 최소한으로 무엇보다 최소한으로. 진짜 소년은 지구의 공산품들은 모두 쓸모없는 것투성이라고 난도질했다.

──그 시간에서 만나자.

✱ 지난해 라비앙로즈에서 사라진 소년을 떠올리며 적는다. 소년은 혁명의 기념비를 지나며 소년에게 고백했다. 그것이 가능한 일이기는 한가. 그로부터 2,202일이 지났다. 라비앙로즈의 장미나무 숲에서 암모나이트가 발굴되었다.

진짜 소년은 진짜 소년에게 문자를 전송했다. 묵묵부답의 창을 바라봤다. 진짜 소년의 알레르기성비염이 오작동되었다. 진짜 소년에게서 맑은 콧물이 흘렀다. 의지한 바대로 UFO의 거대한 불빛이 모두 잠든 작은 마을 위로 쏟아지기 시작했다. 진짜 소년들의 시간이 무의미하게 필요했다. 진짜 소년은 알 수 없어지려고 했다. 호크니빛 눈발들이 날렸다.

──보고 있어? 우주의 물방울들이야.

진짜 소년에게서 진짜 소년에게로 온 메시지였다. 진짜 소년은 마니아용 보이저17 우주복과 소형카메라가 장착된 라이카 헬멧 그리고 고생물학자의 『번역시집』을 마지막으로 배낭을 닫았다. 몰래 스스로를 위로한 듯한 밤이었다. 진짜 소년은 매트리스 아래에 트퇴와 버디를 두었다. 진짜 소년은 계획대로 집안사람 누구의 잠에도 침범하지 않았다. 우주로 가는 지

구의 마지막 문을 열고 닫았다. 진짜 소년은 푸른 달
리아 무늬 목도리를 힘껏 묶으며 잠든 사람들과 잠든
집을 뒤로 하고 신비롭고 큰 물보라를 향해 걸어갔다.
시집의 한 구절을 읊조렸다.

　우리가 첫사랑일 때
　우리는 모두 별을 향해 있네.

　진짜 소년은 점차 밤으로 둘러싸였다. 길을 잃었고
그리하여 길을 찾았다. 진짜 소년은 장미나무 숲을
지나 밤의 심해로 들었다. 진짜 소년에게 최후의 메
시지를 전송했다. 진짜 소년의 머리 위로 암몬조개형
물방울들이 차곡차곡 쌓였다. 진짜 소년은 가라앉고
있었다. 빠져나오지 않기 위해서는 빠져나올 생각을
하지 않으면 돼. 말하던 진짜 소년에게서 올 답장을
소녀처럼 진짜 소년은 기다렸다. 진짜 소년은 꿈속의
놀이공원에 가까워지기 위해 긴 순간을 건너뛰기 시
작했다.

지난해 놀이공원에는 우주선이 사라진 자리가 남았다. 진짜 소년들의 시절은 놀이공원과 함께 끝나버렸다. 한 소년이 소년들 사이에 끼인 채로 그곳에서 자위를 하고 정액을 뱉고 욕을 쓰고 사라졌다.*

---

* 소년은 소년에게 가능한 한 고백했다. 장미나무 숲에서 암모나이트를 발견했어. 지난해 장밋빛 인생에서 사라진 크고 작은 놀이공원의 수는 2,202개에 이른다. 그것은 혁명의 기념비 같은 분위기를 자아냈다.

긴 꼬리 달린Darlin[1]

그녀의 밤은 꼬리에서 자라났다.
—『별들의 꼬리말』에서[2]

달은 젖가슴 아래부터 프릴이 잡힌 청록빛 홈드레스를 입고 문 앞에 섰다. 얼마 전 선데이 모닝 로드[3]로 이사 온 린이었다. 문이 열렸다.

달린은 고소한 호두쿠키가 담긴 접시를 마호가니 탁자 위에 내려놓았다. 달린의 꼬리는 가늘고 길었다. 이 아담한 마을의 누구도 가져보지 못한 긴 꼬리의 실체였다.

기품 있는 달빛이 점점 더 느리게 슬픔으로 창을 넘어 들려왔다. 달린은 줄줄 늘어뜨렸던 머리카락을 두 귀 뒤로 꽂았다. 얇고 흰 얼굴이 명료하게 드러났

---

1) 사진작가 그레고리 크루드슨의 연출로부터 시작되지는 않았지만, 그의 사진 몇 장을 종종 떠올렸다. 당신의 몫을 위하여 그 몇몇 사진에 대한 꼬리말을 상세히 밝히진 않는다.
2) 이눅스의 마지막 점성술 책. 별들의 꼬리를 종횡으로 이으며 그녀가 평생에 걸쳐 사랑한 죽은 여인만을 위한 별점을 적어놓았다.
3) "무엇을 위해, 벨벳 언더그라운드의 「Sunday Morning」을 참고할 것." 그레고리Gregory 영감 사진집 『이눅스』 참조.

다. 아름다운 뼈대였다. 달린은 꼬리를 쓰다듬으며 주름진 침묵을 이어갔다.

눈보라를 채집하는 시기가 오면 남편은 오랫동안 집을 비워야 했네 남편은 혼자 사는 아내야말로 긴 꼬리를 지녀야 한다고 믿는 사람이었네 아내의 꼬리는 낮밤 길어지지 않고 남편은 눈보라를 짊어지고 돌아왔네 아내의 꼬리는 남편의 마음을 수축하게 했네 아내는 맞았고 눈보라는 흩날렸네 아내는 맞았고 눈보라는 흩날렸네 아내는 맞았고 마지막으로 눈이 흩날렸네 붉은무덤개미 떼들이 눈먼 아내를 찾아왔네[4] 남편은 뒤늦게 요절했네 꼬리야 꼬리야 길어져라 아내는 주문을 외우네 꼬리야 꼬리야 길어져라 아내는

---

4) 99년 전에 읽은, 잭 크루드슨의 『쪽수 없는 백과사전』의 어딘가에 꼬리 문장은 다음과 같았던 것으로 기억된다 — 정확한 문장을 알고 싶은 분들은 직접 책을 찾아 읽어보기를 바란다 — "이 붉은무덤개미과의 개미들은 다른 붉은 개미들과는 차별화된 둥지를 가지고 있는데, 그것은 동물이나 식물의 오목한 해골에 마른 침엽수 잎을 깔아 만든 무덤형 둥지이다."

긴 꼬리를 가져야 살아 있고 싶네

접시 위의 호두쿠키가 본모습을 드러냈다. 개미들
이 득실댔다. 달린은 거미줄 덩굴을 걷어내고 유리가
깨진 창문을 화들짝 열었다.

신축성 없는 닫힌 문들의 거리 위로 깜짝 바람이
일었다. 죽은 낙엽들이 수상하게 날아올랐다. 가라앉
았다. 하나의 낙엽이 위로 하나의 낙엽이 아래로 하
나의 낙엽이 위로 하나의 낙엽이 아래로 하나의 낙엽
이 위로 하나의 낙엽은 끝까지 율동하며 제 모습을
감췄다.

주름을 폈다 오므리며 복도와 빈방을 지나 온 달린
의 꼬리가 창문을 넘었다. 일요일 아침을 연주하며
흘러내렸다. 달린의 꼬리를 본 종종다리종달새들이
신비로운 살갗[5]을 합창했다.

---

5) 영화감독 그렉 아라키의 작품 제목. 영화의 꼬리 부분에 나오는 다
   음과 같은 내레이션에 벨벳 사운드velvet sound를 입혀보길 바란다.
   "이 세상의 모든 슬픔과 고통과 좆같은 것들을 생각하자 도망치고

기지개를 켜며 여인이 집 밖으로 나오던 여인이 혼비백산이 되어 여인이 비명을 질렀다. 여인들의 손가락이 긴 꼬리를 늘어뜨리고 창가에 선 여인, 긴 꼬리를 으음으음 끌고 가는 거리의 여인 사이에 가 있었다.

싶어졌다. 진심으로 우리가 이 세계를 뒤로하고 떠날 수 있기를 바랐다. 고요한 밤 두 천사처럼 마법처럼 사라져버리기를……"

빅 애니멀Big Animal

최초에 이 동물은 혀에 구멍을 내고 멜랑콜리 사거
리에서 아직도 시시껄렁한 딕 두를 사냥하게 되는
데……

어젯밤, 아기네스 딘은 플라자 호텔에서 열린 제임
스 설터*를 읽는 밤 모임에 참석했다. 술에 취했다.
세 명의 보통 독자들에게 비평의 채찍을 휘둘렀다.
마리화나를 피웠다. 혀를 뚫었다. 허허실실 집으로
돌아오는 길 혜성이 떨어졌다. 아기네스 딘은 멈춰
섰다. 맥도먼드에게 줄 스타의 눈 몇 송이를 꺾기 위
해서였다. 아기네스 딘은 허리를 구부렸다. 그새를
놓치지 않고 아기네스 딘의 항문이 피—휴 열렸다.
더부룩하던 배가 한결 편안해지자, 아기네스 딘은 육
중한 엉덩이를 기어이 보도블록 위에 내려놓았다. 세
상에 둘도 없는 행복감이 불어왔다. 알링턴 국립묘지

---

* 미국의 소설가이자 시나리오 작가. *The Hunters, Still Such, Light
Years* 등의 작품이 있다. 그의 단편 "Last Night"은 2004년 프랜시
스 맥도먼드 주연의 단편영화로 제작되었다.

에서 출발한 서늘한 바람이었다. 스타의 눈동자들이 일제히 밤하늘로의 항해를 시작했다. 아기네스 딘은 얼굴을 들어 상쾌하게 솟아올라 출렁이는 눈동자들을 바라봤다. 가벼운 나날들, 리즈의 시절이었다. 이봐, 뚱뚱보지. 멜랑콜리를 전세 낸 게 아니라면 그 불우한 살덩어리들을 좀 치우지그래. 딕 두가 뱉은 캐러멜색 침이 아기네스 딘의 무쌍한 허벅지에 명중했다. 덜렁덜렁 늘어져 지나가는 딕 두의 웃음이 아기네스 딘의 귀 뒤를 길게 핥았다. 감정을 바짝 차린 아기네스 딘은 단추가 떨어져 나간 실크 블라우스 소매로 침을 닦아내며 일어섰다. 아기네스 딘은 쭈글쭈글한 다리를 쭉 펴고 딕 두의 뒤를 바짝바짝 쫓았다. 달의 반블록이 구름에 가려졌다. 소리 소문 없는 골목에서 다시 태어난 그림자 한 마리가 슬랭슬랭 어깨를 폈다. 드디어 떡 벌어진 아기네스 딘은 딕 두에게로 달려들었다. 아기네스 딘은 딕 두의 짝귀를 있는 힘껏 물고 뒤흔들었다. 하늘하늘 스타의 눈이 쏟아졌다. 딕 두의 비명과 욕설이 난무했다. 아기네스 딘은 지속 가능하고 이상야릇한 희열감에 빠져들었다. 아기네스 딘은 방콕 들고양이처럼 손톱을 세우며 최종적으로 딕 두의 귀를 뜯어냈다. 딕 두는 환호성처럼 철철 솟는 피를 두 손으로 감싼 채 두 발을 허공으로 벌려들었다. 아기네스 딘은 V자로 잘린 살점을 꼭꼭 씹어 삼켰다. 쇠고기 패티 여섯 개를 한꺼번에 먹는 기분이야. 아기네스 딘의 마음이 쿵쾅거렸다. 아기네스 딘은 딕 두의 금빛 링 귀고리를 뱉었다. 혜성들이 행진곡풍으로 떨어졌다. 스타의 눈이 폈다. 하늘의 홍채가 활짝 벌어졌다. 아기네스 딘의 목덜미에 반짝 털이 돋았다. 아기네스 딘은 몸을 최대한 낮추고 발광중인 딕 두에게로 다시금 슬금슬금 다가갔다. 훌쩍, 아기네스 딘의 육중한 몸이 무게 없이 솟아올랐다.*

* 영화의 탄생에 대하여──어젯밤, 플라자 호텔에서 열린 제임스 설터
를 읽는 밤 모임에 참석한 (나와 맥도먼드와 여러분을 포함한) 참석
자들은 제임스 설터가 6~7년에 걸쳐 쓴 작품의 제목들을 모아 읽었
다. 나와 맥도먼드와 여러분은 그곳에서 처음 만난 사이이고, "Big
Animal"은 맥도먼드에게서 나와 여러분이 함께 전해 들은 이야기로
부터 시작되었다. 물론, 맥도먼드의 일화는 『뉴요커』에 게재된, 맥
도먼드의 연인이 뛰어든 사건을 재구성한 것이었다.

대성당

 그리하여 사건은 다음과 같이 무마됐다. 휠더를린
사제는 빳빳한 아마포 로만 칼라를 떼어내 제대 위에
내려놓았다. 갑갑했던 목이 시원해지자 휠더를린 사
제는 한결 편안한 마음으로 검정 수단을 끌어올렸다.
빨강 T팬티 아래로 휠더를린 사제의 깡마른 다리가
드러났다. 여러 개의 곪아 터진 종기 자국이 붉은 볼
기짝은 사춘기 소년의 볼처럼 보였다. 몇몇 신도들이
터져 나오는 웃음을 깨물며 어깨를 씰룩쎌룩했다. 휠
더를린 사제는 두 손을 모으며 키리에[1]를 시작했다.
신도들은 가슴에 성호를 그었다. 토마스 부인[2]은 보

---

1) 키리에 엘레이손Kyrie eleison. 가톨릭에서 미사 참회 예절 때 대영
   광송 전에 드리는 기도. '주여, 자비를 베푸소서'라는 뜻이다. 한 성
   당에서 이 기도를 처음 들었을 때, 나는 아무런 감흥을 느끼지 못하
   였다. 그러나 어느 대성당에서 간절한 눈빛으로 주인의 채찍을 바라
   보던 어린 노예의 입을 통해 이 기도를 다시 들었을 때, 나는 키리
   에가 있어야 할 적확한 감정에 대하여 이해했다.
2) 남편 토마스를 일찍 여읜 토마스 부인은 토마스라는 열두 살 먹은
   아들을 너무 사랑한 나머지 자신이 기르는 두 머리의 개에게 토마스
   라는 이름을 붙이고는 밤낮으로 토마스, 토마스를 다정한 혀로 핥았
   다고 한다. 베니스의 한 해변에서 만난 토마스에게 들은 이야기다.

기 좋게 목줄을 놓았다. 하나의 목을 공유한 두 마리
의 도베르만이 귀를 딱딱하게 세우고 기다렸다는 듯
이 횔더를린 사제에게로 다가갔다. 살찐 신도들도 자
리에서 일어나 이 청교도 수도사들의 뒤를 따랐다.
구약을 암송하던 횔더를린 사제의 입술이 고집스럽게
닫혔다. 수도사들의 날카로운 치아가 횔더를린 사제
의 종아리와 허벅지에 단도직입적으로 박혔다. 횔더
를린 사제의 신음이 흘러내렸다. 신도들은 제단 위에
놓인 성수를 횔더를린 사제의 엉덩이에 뿌렸다. 둥글
게 말린 채찍을 수평으로 반짝이며 알렐루야, 횔더를
린 사제의 엉덩이를 갈겼다. 알렐루야, 세게 갈겼다.
알렐루야, 더 세게 갈겼다. 횔더를린 사제의 살이 터
지며 성수와 뒤범벅된 핏방울이 사방으로 튀었다. 수
도사들의 검은 털옷 새로 붉은 물방울들이 스몄다.
마침내 수도사들은 이에 묻은 피를 혓바닥으로 털어

그러므로 이건 내가 알고 있는 사실이 아니다. 하지만, 사실 사실이
란 게……

내며 발걸음을 돌렸다. 의자에 앉은 신도들은 손가락에 묻은 피를 성스럽게 빨아 먹었다. 토마스 부인은 목줄을 움켜쥐고 얼굴빛을 바로잡았다. 횔더를린 사제는 복장을 다시 갖췄다. 홍조를 띤 얼굴로 말했다. 구원은 고통입니다. 신도들은 두 손을 들고 「하느님의 어린 양」을 부르기 시작했다. 스테인드글라스 창으로 달빛이 스며 들어왔다. 제단 위 십자가에 못 박힌 어린 토마스[3]의 발가벗은 몸이 알록달록 물들었다. 토마스의 죽은 자지에서 뜨신 오줌이 흘러나왔다. 토마스 부인은 목청껏 소리쳤다. 횔더를린 사제는 무릎을 꿇고 입을 크게 벌렸다.

---

3) 토마스, 『대성당』(灘, 1912)에서 발견한 다음과 같은 밑줄의 인상을 가져왔다. "토마스 만Thomas Mann을 꿈에서 보았습니다. 정확하게는 늙은 토마스 만의 얼굴을 한 소년이었죠. 어디선가 만난 적이 있는 소년이었는데, 꿈에서는 기억나지 않았습니다. 그리고 때마침 그 사건이 벌어졌지요. 그제야 저는 그 꿈속의 토마스가 그때의 그 토마스라는 것을 알아챘습니다. 베니스의 가장무도회에서 횔더를린의 채찍을 응시하던 한 마리 슬픈 개요."

어딘가에 시리우스[1]

시리우스가 팬티를 내렸다. 텐션 페니스사[2]의 음경이 팽팽하게 나타났다. 귀두 아래 박힌 네 개의 다마까지 내 것과 똑같았다. 고독의 형상이 있다면 바로 저 구슬들 같지 않을까. 그제야 나는 시리우스가 건네준 구형 맥가이버칼로 몸을 찢었다. 검붉은 용액이 뿜어져 나왔다. 끝없이 길고 차가운 회로들 사이로 심장이 뛰고 있었다. 당신 역시 공산품 로봇에 지나지 않아. 시리우스의 인간적인 목소리는 더할 나위 없이 기계적이었다. 원망도 증오도 없이 복슬복슬 다정하고 포근했다. 나는 시리우스를 안고 침대에 누웠다. 22세기부터 금지된 감정[3]을 끌어 덮었다. 눈을 감았다. 시리우스는 새근새근 작동 중인 심장 박동소

---

1) 늑대별, 하늘의 늑대라고 불리는 항성. 텐션 페니스사의 창립자인 올라프 스카이가 연인이었던 스태플든 울프와 합작하여 만든 제1세대 애완 로봇의 이름이기도 하다.

2) 20세기 초, 동물의 성기를 본뜬 모조 딜도 전문 생산 업체로 시작하여 애완 로봇 전문 생산 업체로 성장한 기업. 486행성에 본사를 두고 있다.

3) 사랑의 단상에서 생산되고 있는 모포. 켄타우로스 후예들의 털을 사용한다.

리에 맞춰 컹컹 자장가를 시작했다. 인간이었을 때는 결코 알 수 없던 삶의 환희들이 밀려왔다. 그러나 이 역시 픽션들[4]에 저장된 것일지도 몰라. 눈을 뜰 수 없었다. 억지로 눈 뜨지 않아도 돼. 혀가 긴 시리우스가 혀가 길어 애정이 깊은 목소리로 나를 핥았다. 시리우스, 내게도 영혼이 있을까? 코드 블루. 코드 블루. 입술이 저절로 씰룩거렸다. 자동 폭파 장치가 가동된 듯했다. 로이 오비슨[5]의 노래가 스륵스륵 흘러나왔다. Go to sleep. Everything is alright.[6] 윤활유가 유유히 흐르는 시리우스와 나의 심장은 폭발적으로 평온했다. 우리는 죽어서 어디로 갈까? 시리우스가 물었다.

---

4) 처음으로 로봇에게도 영혼이 있다고 주장한 아이작 보르헤스를 조롱하기 위해 그의 저서에서 이름을 따 붙인 프로그램. 로봇에게서 인간적인 오류가 감지되면 자동 폭파 장치가 가동되게 하였다.

5) 고향인 9행성보다 3행성에서 더 큰 사랑을 받은 가수. 9행성 출신다운 목소리 탓에 말년엔 1인용 유리관을 타고 우주를 유영하다 고독한 죽음을 맞이했다.

6) 9행성의 알달록 사막 일대에서 불리던 노래 「모래 사나이」를 편곡하여 가사를 붙인 노래 「In Dreams」중에서.

잊을 수가 없다. 나는 새로운 세대를 위한 텐션 페니스사의 이중 분리 음경을 장착한 채 재생산됐다. 그리고 어딘가에 시리우스를 찾아 벌써 이곳, 13행성[7]까지 오게 되었다.

---

7) 검은 쥐 대통령 재임 시절 좌파적 희망을 품게 한다는 이유로 별들의 이름을 부르고 쓰는 것이 금지되었다. 오늘날 은하의 탈주자들이 부르는 13행성의 또 다른 이름은 턴테이블의 묘지다.

친애하는 늙은 미스 론리하트의 늙은 미스 론리하트 씨에게*

12일의 밤이었습니다. 잠에서 깨어보니, 나의 왼쪽 가슴에 구멍이 뚫려 있었습니다. 심장이 사라지는 밤은 불현듯 찾아오기 마련이므로 대수롭지 않았습니다. 나는 구멍 난 침대에서 일어나 프랑시스의 원탁

---

* 다음 표제는 너새네이얼 웨스트사에서 발행하는 『고독한 신문』 13일의 금요일 자 「늙은 미스 론리하트가 인생을 상담해드립니다」에서 그대로 가져온 것임을 밝혀드리는 바다.
* 다음 로드무비는 론리하트에서 출발하여 론리하트에 도착하는 것으로 끝이 난다. 나는 당신과 함께 걷고 싶다. 친애하는 늙은 미스 론리하트의 늙은 미스 론리하트 씨에게 향하는 문을 열고 안으로 나와주길 바란다. 약속 상영 시간은 당신의 마음으로 해두겠다.
* 다음 그림은 너새네이얼 웨스트 광장에 걸린 늙은 미스 론리하트의 「거금 백만 달러」에서 그 모티프를 최초로 가져왔음을 어둡게 드리는 바다.
* 다음 소설은 미국 작가 너새네이얼 웨스트의 대표작 『미스 론리하트』에서 시작되었다. 이 작품은 고독한 신문 독자들의 편지에 답해주는 일을 업으로 삼고 있는 미스 론리하트의 삶을 통해 분실을 성찰한다.
* 언젠가 늙은 미스 론리하트 씨와의 상담에서 나는 그에게 물었습니다. "당신이라면 인생의 텅 빈 부분에 몇 개의 주석을 매달겠습니까?" 그러자 친애하는 늙은 미스 론리하트 씨는 모두 여섯 개의 주석을 매달아놓았습니다. 성찰할 필요도 없이 제 생각대로 분실하는 일이었습니다. 그런데 실례지만 지금 말하고 있는 나는 누구입니까?

이 있는 식당으로 향했습니다. 한 발과 두 발 사이 창문과 커튼 사이 바람이 휘파람을 불며 구멍을 통과해 갔습니다. 속이 다 시원했습니다. 나는 죽은 자들의 접시가 있는 찬장 잠을 열고 뻐꾸기는 울었습니다. 흰 접시 하나와 붉은 사과 한 알. 목요일이 지났습니다. 접시를 손에 들고 사과를 구멍에 넣었습니다. 나는 사과를 품은 사람으로서 침을 삼켰습니다. 무슨 맛이었습니다. 사과를 밀었습니다. 등 뒤로 굴러가던 소리는 푸드덕 커튼 밖으로 날아갔습니다. 몸을 빠져나가는 영혼의 무게란, 생각을 접시에 담아 원탁 위에 놓았습니다. 나는 외투에 몸을 맞춰 넣고 창문을 넘었습니다. 몸은 그램처럼 가벼웠고 나는 길의 위를 걸었습니다. 망루가 무너진 소방서 골목에 도착하자 구름이 보드라운 다리를 벌렸습니다. 새까만 음부로부터 흘러내린 노란 빛이 또록또록 구멍에 맺혔습니다. 깨진 보도블록 안으로 빛물이 빗물처럼 고였습니다. 빛을 흘리는 자가 되었지만 위로가 되지는 않았습니다. 나의 외투는 외투를 여몄습니다. 크긴 이상

하긴 웃긴 외투로 나는 허투루 존재했습니다. 그렇게 두 블록을 떠 돌아다녔습니다. 누구와도 마주치지 않았습니다. 두 블록은 심지어 그런 거리. 나는 촛불이 꺼진 너새네이얼 웨스트 광장의 거금 백만 달러 아래에 도착했습니다. 그곳에서 꺼진 불을 다시 보는 늙은 미스 론리하트를 만났습니다. 이 밤을 당신 것으로 만들어주겠소. 그는 돈 대신 마음을 요구했습니다. 맙소사! 나의 외투는 자신을 벌려 그녀에게 구멍을 보여주었습니다. 그는 생기 잃은 눈을 어둡게 뜨고 나의 뒤로 다가왔습니다. 허리를 굽히고 외투 속으로 머리를 넣었습니다. 당신을 통해서 보는 세계도 별반 다르지 않군. 그녀는 미드나잇 카우보이처럼 속삭였습니다. 홀쭉한 얼굴을 나의 등에 대고 비볐습니다. 그의 하얀 손이 구멍으로 들어왔습니다. 나는 해죽해죽 늘어진 손가락들과 깍지를 꼈습니다. 그녀의 다정한 분홍 손바닥은 참 다정도 했습니다. 그와 포개져 있으니 밤이 밝아왔습니다. 골목을 돌아서, 밤을 돌아서, 나는 집으로 돌아왔습니다. 사라진 사과가 있는 창문을 지나면 프랑시스 잠이 있고 죽은 자의 접시가 있고 접시 위에는 영혼의 무게가 있습니다. 나는 침대에 누워 도려낸 늙은 미스 론리하트의 마음을 구멍에 넣었습니다. 그렇다면 친애하는 늙은 미스 론리하트 씨, 우리는 당분간 외로운 심장이 아닐까요? 행거에 걸린 늙은 미스 론리하트의 가죽 외투에서 붉은 물방울이 떨어졌습니다. 흥건히 젖은 예배당의 종소리가 들려왔습니다. 주기도문 같은 꿈이 막 쏟아졌습니다.

　　　　—재빠른 답변을 부탁드리며, 총총 정기 구독자.*

_____

* 총총이라는 이름의 이 정기 구독자는 이후에도 '늙은 미스 론리하트, 도와주세요, 나를 도와주세요, 늙은 미스 론리하트와 무표정, 늙은 미스 론리하트와 어린 양, 늙은 미스 론리하트와 얼어붙은 혀, 늙은 미스 론리하트와 깨끗한 노인, 늙은 미스 론리하트와 쉬라이크 부인, 현장 실습을 나간 늙은 미스 론리하트, 끔찍한 수렁에 빠진 늙은 미스 론리하트, 시골에 간 늙은 미스 론리하트, 늙은 미스 론리하트, 돌아오다, 늙은 미스 론리하트와 절름발이, 늙은 미스 론리하트, 도일의 집을 방문하다, 늙은 미스 론리하트, 파티에 참석하다, 늙은 미스 론리하트와 파티용 드레스, 늙은 미스 론리하트, 종교적인 체험을

하다, 외로운 마음의 사냥꾼과 늙은 미스 론리하트, 프랑시스 잠을
읊는 늙은 미스 론리하트, 행방불명된 늙은 미스 론리하트, 늙은 미
스 론리하트 정체를 잃어버리다, 늙은 미스 론리하트 인생 상담을 끝
내다'라는 제목으로 편지를 보내올 것이다. 그러나 이 정기 구독자는
단 한 번도 답장(상담)을 받지 못했다. 이유는 간단하다. 그들은 같
은 마음으로 다른 시간대에 있다.

늙은 베이비 호모[1]

자줏빛 비가 내리는 여름의 텅 빈 교실에서 처음으로 감정을 빨았네. 어금니를 깨물고 축구화를 구겨 신은 거무튀튀한 감정이었지. 무릎을 꿇은 창밖으로 시간의 좀들은 하얗게 피어오르고.

일렬횡대로 젖은 운동장을 행군해 오는 두꺼비 떼의 구령에 맞춰, 녀석은 힘껏 달렸네. 나는 녀석의 반짝이는 드리블을 떠올렸지. 골을 넣을 때마다 퍽을 내뱉던 녀석의 입술은 퍽 신비로웠어. 침으로 범벅이 된 감정은 부드럽고 미끄덩하고.

곧 줄줄 흘러내렸네. 감정의 불알을 감추고, 녀석은 황량하고 사랑스러운 발길질로 나를 걷어찼지. 유리창 안에서 시간에 좀먹은 내가 늙은 신부처럼 나를

---

1) 이 노래에 도움을 준 계절들을 밝혀 적는다. 봄의 각성, 자줏빛 여름의 노래, h의 가을과 가을의 h 그리고 이 세상에 없는 계절이었던 민1-1)

  1-1) 이 주석에 도움을 준 노래들을 밝혀 적을까 하다 어둠 속에 두기로 한다. 다만, 사랑의 기원, 거지 같은 흰둥이, 코치는 나를 범하고, 네가 소년이었을 때,라는 존과 찰스와 그렉과 민의 노래를 언젠가 들은 적이 있다고만⋯⋯

나처럼 바라볼 때. 녀석은 똥 묻은 팬티를 끌어올리고 사라지고 아름답고. 나는 면사포처럼 속삭였어. 안녕.

그리고 녀석들을 본 사람은 없네. 아무도. 그래, 아무도.

엉클스버거 냅킨으로 홈타운의 케첩을 닦아내던 우리는 왜 서둘러 늙었을까. 소시지 컬 가발을 쓰고 썩은 맥주를 마시는 오래된 밤. 나는 알 수 없이 노래하네. 카운트다운이 끝나기도 전에 소년의 궤도 밖으로 로켓을 쏘아 올린 녀석들을 위하여. 안녕, 지금도 축구화를 구겨 신고 자줏빛 여름에게서 도망치고 있을 글로리홀[2]의 누런 뻐드렁니 호모[3]들의 감정을 위하

---

2) 이 구멍에 도움을 준 공중화장실을 대신하여, 팝아티스트 키스 헤링 Keith Haring의 1980년 작 「Glory Hole」을 어두침침하게 그려 넣는다.

3) 그리스어에서 사용되던 접두어로서 '닮았다'라는 뜻이 있다. 그 때

여. 그리고 건배.

문에 현재까지도 유럽 계열의 언어군에서 homo로 시작되는 단어는 '같은'이라는 뜻을 포함하는 경우가 많다. 동성애를 뜻하는 homosexuality의 줄임말로 사용되기도 하지만 동성애자 인권운동 이후 남성 동성애자는 게이, 여성 동성애자는 레즈비언이라는 단어로 대체되었다── 옮긴이 주.

죽음을

죽음이 지구로 접근해오기 시작한 것은 1969년부터였다.[1] 처음 죽음의 걸음마를 목격한 사람들은 어린 죽음의 다리를 잘라버리기 위해 혈안이 되었다. 기저귀[2]가 개발되었고 백인 보모들[3]로만 이루어진 팀이 광고되었다. 여러 대의 인큐베이터[4]는 순풍순풍 날아올랐다. 연이어 죽음은 자취를 감췄다. 별의별 사건 사고도 없이 애초부터 아무것도 없었다는 듯이 귀환하거나 귀환하지 못하는 생명체들이 존재했다. 어두컴컴한 지구 위에서 우주관들은 눈부시게 썩어갔다. 보아라, 죽음은 다시 모습을 드러냈다. 사람들은 다량의 환상[5]을 복용하고 죽음의 오차 범위를 조율했

---

1) 지름이 1킬로미터이던 죽음은 매년 조금씩 자라나 현재는 그 지름이 10킬로미터에 이른다. 지구와 충돌 시 죽음의 위력은 385만 메가톤에 달하리라 추정된다.
2) 폭탄의 각 끝을 폭파 전담 비행선에 매달아 죽음의 하단을 감싸게 제작된 커버형 폭탄 피규어의 일종.
3) 데스 플래닛에 속한 폭파 전담 팀 뉴 라이트를 모델로 썼다.
4) 미숙한 죽음을 처리하기 위해 개발된 키친나이프사의 소형 우주관.
5) 로만 캔들, 엑스오 등의 이름으로 불리는 뉴 문 계열의 항우울제. 일반적이지 않은 슬픔, 불안과 같이 오는 우울 증세에 효과를 나타

다. 수많은 생명이 만들어지고 지워졌다. 죽음은 걷다 서다 사라졌다 나타났다를 불규칙하게 반복했다. 누구도 언제 죽음이 닥쳐올지 예측할 수 없었다. 생활은 여전했다. 부인들은 아침마다 접시에 시리얼을 붓고 남편들은 식탁 앞에서 신문을 펼치고 자식들은 우유에 잠긴 시리얼을 신문 위에 쏟았다. 모두 묵묵하게 자리를 떠나고 씻고 환상을 삼키고 나가 저녁이 되면 현실적으로 돌아왔다. 부인들은 흰 접시를 내오고 남편들은 구운 오리를 썰고 자식들의 접시 위에서 기름은 딱딱하게 굳어갔다. 모두 일사불란하게 현실을 직시하고 씻고 방으로 들어가 환상을 삼키고 침대에 누웠다. 성교[6]와 자위[7]가 이어졌다. 이제 좀 쉬고

낸다. 장기간 복용 또는 남용할 경우, 중독에 의한 신체적 변화가 나타날 수 있다. 실제로 이 환상을 장기간 복용한 한 여인은 2:45 AM이 되었다.

6) 여기에서는 이성애자 남녀인 그레이 스미스와 버니 스미스가 정자와 난자의 결합을 통한 생식을 위해 음경을 질에 삽입하고 양자의 마찰에 의해 반사적으로 사정하게 하는 행위를 한정하여 일컫는 것으로 한다.

싶어. 죽음을 눈앞에 둔 이들의 환상은 한결같았다.
사람들은 남몰래 죽음을 손꼽아 기다렸다. 모두 잠든
후에. 바야흐로 우주 정복의 시기였고 죽음은 우두커
니 산다는 것은 무엇인가를 고민하기 시작했다. 사람
들은 왜 자연스럽게 살아 있는 표정을 지을까. 지금껏
이름을 밝히지 않은 스티븐 폴 스미스(1969~2003)
는 죽음을 쓰기 시작했다.[8]

---

7) 손이나 발, 혹은 다른 물건으로 자기의 성기를 자극하여 성적 쾌감
   을 얻음과 동시에 마음을 스스로 위하는 행위. 네브래스카 주 오마
   하에서는 위안의 빛깔에 따라 흰자위와 검은자위로 나눈다.
8) I'm so sorry—love Elliott, God forgive me. 2003. 10. 21.

딜런Dylan[1]

딜런이 성 빈센트 식물원[2]에 심긴 건 3년 전 일이
다. 다음은 그녀에 대한 영화다.

담쟁이넝쿨의 짙푸른이 창틀을 비집고 들어온 어느
금요일과는 다른 어느 금요일 밤이었다. 딜런은 읽고
있던 바람만이 아는 대답을 덮고 전신 거울 앞에 섰
다. 바지를 내리고 팬티를 벗었다. 다리를 벌리고 허
리를 숙였다. 두 손으로 엉덩이를 스렁스렁 벌렸다.
항문의 둘레에 돋아난 새싹들의 야들야들이 한눈에
보였다. 딜런은 엉덩이를 열었다 닫았다 열었다 닫았
다. 직감적이었다.

딜런이 미네소타로 떠난 지 수개월이 지난 백 년

---

1) 성 빈센트 식물원에서 발행된 식물도감 『바람만이 아는 대답』에 의
하면, 비교적 빛이 약한 식물원의 습윤한 조건에서 살아가는 여성
식물로, 강한 빛에서는 오히려 생장이 저해되어 죽는다. 동지(冬至)
에 한 번 한 개의 꽃망울을 틔우는데, 봉오리가 열리며 피어오르는
흰 꽃가루를 가리켜 숨이라고 부른다.
2) 미네소타에 있는 식물원. 시인 딜런 토머스가 숨을 거둔 병원에서
이름을 따왔다. 식물원의 끝과 시작까지 줄곧 집사 로버트 앨런 짐
머맨이 관리하고 있다.

만이었다. 딜런의 시간 속에서 딜런의 피부는 블루블루 늘어져 내렸다. 푸르고 넓은 이끼가 거무튀튀한 불알과 자지를 뒤덮었다. 단정한 생머리는 보랏빛 산발이 되었다. 죽음의 생기가 박진감 넘쳤다.

딜런으로부터 한 통의 편지가 날아왔다. 딜런은 편지를 들고 매일 밤을 향했다. 구름을 쬐고 달이 부는 대로 흔들렸다. 딜런은 신선한 해골이 되어가며 잊지 못할 충만감에 삐쩍 젖었다.

딜런은 편지 봉투를 열었다. 발톱이 빠지고 발목까지 찢긴 발가락들이 꿈틀거렸다. 딜런은 살아 움직이는 뿌리에 감탄했다. 식물의 본질에 알맞은 전환이라 생각하며, 하늘에 계신 어머니께 감사 기도를 올렸다. 수화기를 들었다. 내려놓았다. 딜런의 편지를 불싸질렀다.

식물성인간[3]을 관리하는 짐머맨은 잠든 딜런을 조심스럽게 관으로 옮겼다. 성 빈센트 식물원으로 가는 덜컹대는 어둠 속에서 딜런의 눈동자는 죽은 눈물의 냄새를 풍기며 제자리를 빠져나왔다. 눈구멍은 닫히고 지워졌다. 뾰족한 두 귀가 소리 없이 떨어져 나갔다. 낮은 콧대는 더 낮게 주저앉았다.

로톨로 화단에 심긴 딜런은 손색없는 식물의 형상이었다. 부채꼴로 펼쳐진 보라 이파리들과 얇고 긴 파랑 줄기는 자연스러웠다. 그제야 딜런의 인간적인 입술이 얼마나 오래 서 있어야 산은 바다가 될까 딜런을 내뱉으며 합 닫혔다. 그녀가 딜런으로 명명되는 끝과 시작의 순간이었다.

딜런은 숨죽인그늘식물로 분류되었다.

---

3) 자신의 육체적인 성(동물성)과 정신적인 성(식물성)이 반대라고 생각하는 사람을 일컫는 말. 본래는 엽록소 중독 환자들을 빗대어 부르는 말로 사용되었다.

고요하고 거룩한 밤 천사들은 무엇을 할까; 듀
안과 마이클은 한 파티에 참석했던 천사들의
귀가 후 모습을 연속으로 찍어 한 편의 사진으
로 완성하는데요, 다음은 그 사진을 빠져나온
한 명의 천사들을 전시한 것입니다. 그러므로
그에 맞는 감상의 자세가 필요합니다.

마릴린 먼로는 문을 열고 어둠으로 들어온다. 그녀
들은 빛 속을 서성인다. 그녀는 홀터넥원피스를 벗는
다. 그녀의 진주색 속옷은 둔탁하다. 그녀는 가벼워
진 목으로 붉은 하이힐에서 내려와 뿌옇게 사라진다.
그녀들은 빛 속을 서성인다. 그녀는 서서히 나타난
다. 나타난 그녀는 시간을 병째 들고 입안으로 쏟아
붓는다. 그녀는 밝게 벌어진 입술을 다물고 웃는다.
그녀는 병의 긴 목을 잡고 있다. 모든 건 순식간이고
그녀는 빈 병처럼 서 있다. 그녀는 하나둘씩 지워진
다. 그녀들은 빛 속을 서성인다. 그녀는 수화기를 들
고 전화선을 늘어뜨리며 허물어진다. 그녀는 사각의
책 위에 시간을 내려놓는다. 그녀는 말을 펼치지 않
는다. 그녀는 묵독하고 있다. 그녀는 붕괴 중인 사람.

전화기를 품에 안고 그녀는 빛 속을 서성인다. 빛 속을 서성이던 그녀들은 푸른 병 뒤로 얼룩진다. 창가에서 그녀의 립스틱까지 지워진다. 그녀의 눈물점은 그대로다. 그녀는 운명처럼 창문을 연다. 드러난 그녀들은 빛 속을 서성인다. 그녀의 알몸에는 젖과 무덤이 있다. 그녀는 두 손을 가지런히 목 뒤로 넘긴다. 그녀의 성근 거웃이 보인다. 그녀에게 매달린 뭉툭한 성기는 간신히 보이지 않는다. 그녀는 고개를 숙인다. 루돌프 사슴 코를 머리에 매단 두 소녀가 소녀들의 뒤를 따라 날카롭게 빛나는 절름발이 사내가 밤의 변두리를 향해 어두워진다.[1] 그녀는 눈물을 든다. 그녀는 밤을 연다. 그녀는 전화기를 내던진다. 전화기는 15.5층과 15층 사이에서 잠시 멈춘다.[2] 수화기의

---

1) 1962년 8월 5일. 조 디마지오네 근처에서 벌어진 실제 사건을 떠올린다면, 맞다. 두 소녀와 한 절름발이 사내를 따라 한 여인이 밤의 변두리 속으로 사라진 그 사건은 놀랄 만큼 허구적이어서 나를 비롯한 일대의 독자들을 큰 충격에 빠뜨렸다. 나는 아직도 그 사건을 풀리지 않는 신비로 남겨둬야 한다고 생각한다.

작고 둥근 구멍에서 검은 눈이 쏟아져 내리며 속삭인다. ✸✸ ✸✸✸ ✸ ✸✸. 목소리는 떨어지고 박살난다. 그녀는 고독하고 유일하게 짙어진다. 두 눈을 바라보며, 나는 망원경에서 눈을 뗀다. 멀리, 창가에 작은 새 한 마리[3], 문을 두드린다. 캐럴을 부르는 소녀들의 목소리는 매우 반짝이는 코처럼 만일 내가 봤다면 불붙는다 했을 것이다. 나는 소녀들의 노래를 불발된 폭죽처럼 듣는다. 나는, 날개를…… 다시 망원경으로 가져다 댄다. 적나라하게 열린 창가에서 그녀의 컴컴한 금색 가발은 날아오르지 않는다. 그 뒤로 그녀의 쓰러진 하이힐 옆으로 그녀의 구겨진 원피

2) 1962년 8월 5일. 사진작가 조 디마지오네는 그해 밤에 목격하게 될 한 여인의 추락을 사진으로 찍게 된다. 한 고층 아파트에서 전화기를 품에 안고 뛰어내린 여인의 한순간을 포착한 이 연출 사진은, 현재 15층에 있는 필름보관소 '아스팔트 정글'에 전시되어 있다.

3) 1962년 8월 5일. 조 디마지오네 음반사에서 출시된 『노마제인모텐슨』에 수록된 영화 「하얀 새」의 다음과 같은 표정을 참조하였다. "그 겨울부리하얀새가 노래하길, 그 작고 작은 여인이 검은빛으로 죽을 무렵에는 아무도 여인의 소녀 시절을 기억하지 못하리. 그녀 자신도."

스 앞으로 깨진 시간 아래 물든 한 권의 어둠이 수북한 깃털들 위에 떨어져 있다. 망원경 바깥 세계로 7년 만의 눈보라가 펄럭인다.[4] 희고 부드러운 영혼들이 날아와 유리창에 달라붙는다. 날카로운 대낫을 든 절름발이 죽음이 흰 빛을 머리에 이고 도로를 건넌다. 두 안내자를 따라 이곳을 향해 오는 중이다. 그녀들은 어두운 빛 속을 서성인다. 그녀들은 시곗바늘처럼 그녀와 나를 동시에 목격하고 있다.

---

4) 1962년 8월 5일. 조 디마지오네의 드랙퀸들은 죽은 마릴린 먼로를 추모하기 위해 다음과 같은 이름의 쇼를 한 권의 책에서 열었다. 『그녀들은 7년 만의 외출 이후 밤마다 드라이아이스 속에 섰던 그녀의 원피스를 기억한다』

칠실녀전(漆室女傳)[1]

이르길, 노(猱)나라 칠실이란 고을에 사는 칠실녀의 연애관(戀愛觀)은 도 아니면 모라 덜 여문 고추 키우는 맛을 알고 잘 여문 고추 따 먹는 맛을 아니 내로라하는 남정네들 여럿을 후리고 다니매 그 후림의 기술이 자못 기기(奇奇)하니

이 칠실녀가 연애에 뜻을 두고 청(靑)치마 새로 터질 듯 희디흰 허벅지를 용용 죽겠지 내어놓고 장안(長安)을 돌고 다―시 돌고 돌고 돌아도 좀처럼 따라붙는 남정네들이 없어 월삼경(月三更) 살평상에 가부좌를 틀고 앉아 나발을 불며 권주가(勸酒歌)[2]를 부르매

그 신신한 음이 비통하나 색스럽기도 하여 정(酊)나라 주공의 딸 청하(淸河)[3]의 흡정도기법(吸精導氣

---

1) 송(慅)나라가 녹아내리기 며칠 전, 유방(乳房)이 지어냈다는 『열녀구전』에 수록되어 있다. 판본에 따라 「계동 조씨녀전」 「신내 허씨녀전」 등으로 적혀 전해진다. 원본은 얼음골 유사(流砂)에 보관되어 전국 방방곡곡을 유랑하고 있다.
2) 주석(酒席)에서 주석(註釋)하며 술을 권하는 노래.

法)⁴⁾도 물렀거라 담(壜) 너머 인도(燐道)의 사부작사
부작한 뎡쇼년(酊少年)⁵⁾ 락(樂)패를 난분분 희롱해
오니

　오라버니들 버들버들 담(談) 위에 일렬로 앉아 컨
버스 고무신의 앞코를 알록달록 부딪치며 당가당가
현(弦)을 뜯으며 에헤라디야 달빛마저 구워삶는 칠실
녀 난장(亂場)의 뒷소리를 자청하는 것인데

　옳거니 하고 보니 당신 다리요
　그렇지 하고 봐도 당신 가운뎃다리라

<hr />

3) 늙어서도 세 번 젊어지고, 세 번 왕후가 되고, 일곱 번 부인이 되고,
아홉 번이나 과부가 되기를 반복하면서 남자와 정을 통했다는 정
(鄭)나라 목공의 딸 하희(夏姬)가 스승으로 모셨다는 여인.
4) 남자의 정을 빨아들이고 기를 끌어들이는 방법으로, 남자가 방사(房
事)의 환희를 느끼게 함과 동시에 남자의 양기를 취해서 여자의 음
기를 보충한다. 육신의 노화를 물리치고 청춘을 되돌리는 방법 중에
서도 가장 효과가 빠르고 정확하기로 정평이 나 있다.
5) 학문이나 수양 등 자신을 가꾸는 데 힘 빼지 않고 떼 지어 다니며
노닐던 술 취한 보헤미안들을 일컫는 말.

칠실녀 그 절정(絶頂)의 새를 푸다닥 놓치지 아니
하고 도장(堵牆) 위 분홍 신을 은근살짝 붙잡고 지지
배배 자빠지나니 몸 둘 바를 모르고 월담한 뎡쇼년 오
라버니 칠실녀를 부둥켜안고 빳빳하게 일으켜 세우매

구경하던 풋고추들도 꽝꽝 불그스름하게 일어서고
하늘 문풍지(門風紙)에도 숭덩숭덩 별별 구멍이 다
일어서고 황달 낀 달할망 눈도 휘둥당둥 일어서고
ㅁ 춤내 칠실녀 후림의 기술에도 문장(文章) 한 줄이
팽팽 일어서는 것이니

그렇게 칠실녀가 후린 남정네들이 달달달 달구지로
백팔이요 칠실녀 후림의 기술이 칠실녀채전지술(漆室
女採戰之術)이라 하여 노(盧)나라[6] 전국 무도장에서
암암리에 전파되어 읽힌다고 하니 그러거나 말거나
우리의 칠실녀는 오늘도 무념무상(無念無想) 그 남다
른 열녀의 기술을 살살 세우기 위해 자장자지장자 놀

124

고 있을 뿐이라

동사와 서독

구양봉은 바다가 사라진 사막을 걸으며 생각했다.[1] 시간으로 돌아갈 수 있다면, 국영과 복사꽃 우거진 해변을 거닐며 첫눈을 맞아볼 수 있겠지. 하지만 모든 것이 나의 불가능 아닌가.[2] 구양봉은 걸음을 멈추고 해변에 구덩이를 팠다. 목에서 떼어낸 흰 뼛조각을 묻었다. 물웅덩이 하나가 생겨났다. 목을 축였다. 물웅덩이는 이내 말라버렸다. 이 모래 행성을 벗어나기 위해 얼마나 많은 쇄골이 필요한 것인가. 구양봉은 점점 뼈대가 없어지는 몸을 움직였다. 해는 끈질기게 따라붙었다.[3] 구양봉은 점점 늘어져 내렸다. 내일은 다시 내일의 해골을 이루겠지. 구양봉은 연분홍 바닷물이 출렁였을 거대한 모래 구멍을 들여다보았다.[4] 스르륵 복사꽃 한 잎이 신기루처럼 나타났다 흔

---

1) 옛날에는 산을 보면 산 너머에 뭐가 있는지 궁금했네.
2) 내가 왜 그랬는지 모르겠네. 하지만 자제할 수가 없었네. 떠날 때,
   내 얼굴에 묻은 그의 눈물이 마르는 것이 느껴졌네.
3) 입춘이 지나고 경칩이 왔네. 이맘때면 친구가 찾아왔지만 금년엔 오
   지 않았네.

126

적도 없이 사라졌다. 우리에게 떨어진 시간을 무력화하고 싶소.[5] 하늘에 뜬 동사와 서독이 멀어지며 밤이 몰려왔다. 구양봉은 죽립을 눌러쓰고 시간을 떠올렸다. 모든 것이 나의 잘못이오. 구양봉은 가슴 깊숙이에서 붉은 주머니를 꺼냈다. 주머니를 열었다. 시간에서 국영에게 받은 복사뼈였다. 뼈에 입술을 대자 옅은 꽃향기가 느껴졌다.[6] 모든 것이 시간해변으로 되돌려졌다. 구양봉은 어둠이 몸부림치는 모래 더미로 철저하게 무너져 내렸다. 해가 다 질 때까지, 달이 다 떠오를 때까지 그의 살가죽은 벌겋게 익어갔다. 푸르게 식어갔다.[7] 구양봉의 축축한 눈동자는 이제

---

4) 난 내가 이겼다고 생각해왔어요. 그런데 어느 날 거울을 보고 내가 졌다는 걸 깨달았죠. 내가 가장 아름다웠던 시절에 사랑하는 사람이 곁에 없었더군요.

5) 인간에게 번뇌가 많은 까닭은 기억력 때문이라고 하네. 그해부터 난 많은 일을 잊고 복사꽃을 좋아한 것만 기억했네.

6) 가질 수 없는 것에 대하여 할 수 있는 유일한 일은, 그것을 잊지 않는 것이네.

7) 검이 빠르면 피가 솟을 때 바람 소리처럼 듣기 좋다던데…… 내 피로 그 소리를 듣게 될 줄이야.

막 해변에 생겨난 물웅덩이처럼 보였다. 눈은 이내
사라졌다. 뼈대가 든 모래바람이 구양봉의 복사뼈를
이루기 시작했다.[8)

---

8) 깃발이 움직이는 것도, 바람이 움직이는 것도 아니네. 단지 그대 마
   음이 움직인 것일 뿐.

ㅅ※

말하렴
너에게 마지막 밤이 추적추적 내려올 때

너에게는 이야기가 있고
너는 이야기를 눈처럼 무너뜨리거나 너는 이야기를
비처럼 세울 수 있다

그 질서 있는 밤에
너에게 안개 또한 펄펄 내려올 때
들어보렴
맨 처음 네가 간직했던 기도를

너의 공포를
너의 공허를

※ 나의 끝말이 너의 죽음에 대한 주례사가 되면 좋겠다. 지금 혹은
　그때 내 주례사에는 덜 붙여야 할 말과 더 빼야 할 말이 있을 테고
　나는 그 시간을 무릎 담요같이 평온한 마음으로 지켜볼 것이다. 그
　러니 이제,

너의 공갈을

점점 노래하렴
너의 구체적인 세계는 녹아내리고
너는 우리가 만질 수 없게 있어지지만
신앙과 믿음은 없거나 없어지는 것
그건 얼마나 적확한 죽음의 신비로움이겠니

너에게 먹물 같은 첫 빛이 쏟아져 내려온다
한순간 네가 살아 누워 있을 때

일   초 후
스물네   시간 후
삼백육십오 일 후

결국 쓸모없어질 기억들을
끝까지 기억하렴

아침까지 둘러앉은 술고래들을
평화로운 낭독의 데모를
한밤에 나눈 구강성교를

그래, 시옷
지난밤 거위 떼처럼
우리는 해야 할 말을 모두 다 했단다

침묵하렴✳

✳ 이제, 나의 머리말은 너의 삶에 대한 해설이 되지 않는다. 지금 혹
은 그때 너의 두 눈동자가 물방울처럼 떠오르고 너의 죽음으로 내
펼친 손바닥을 올릴 때, 나는 너를 위한 이 고요한 윤리를 기억할
것이다.

메리 프랭크스터스의 시간에 대한 삽화 [☆]

미래에 투신하게 될 메리 프랭크스터스는 시간을 마시기 위해 들끓습니다. 메리 프랭크스터스는 과거 오른쪽 심실을 열었고 안개와 비의 계절, 창을 닫습니다. 메리 프랭크스터스는 과거 왼쪽 심실을 열었고 눈과 보라의 계절, 창을 닫습니다. 오늘 밤 메리 프랭크스터스의 닫힌 심장으로 비둘기 떼 형상의 햇살이 날아들어 옵니다.

메리 프랭크스터스는 시간을 배회하는 메리 프랭크스터스를 그려보았다.

메리 프랭크스터스는 게이샤의 커피를 읽습니다. 메리 프랭크스터스는 숙녀를 위한 뉴턴의 물리학을 마십니다. 메리 프랭크스터스는 무용을 위해 관절을 꺾습니다. 메리 프랭크스터스는 한 단계씩 무용지물

☆ 미국 작가 켄 키지는 비틀스 주의 집에서 한 무리의 사람과 따로 또 같이 살았다. 이들은 선명해지기를 거부하며 환각 약물인 시간의 사용을 부정확하게 촉구하였다.

이 됩니다.

메리 프랭크스터스는 메리 프랭크스터스를 배회하는 시간의 영향권에 들었다.

게이샤의 종이우산은 붉어 젖어 저돌적이다. 게이샤는 비를 뚫고 눈밭으로 걸어간다. 그 바람에 게이샤의 백발이 해체된다. 늙고 아무들에게 버림받은 게이샤는 파국에 몸을 누인다. 환한 한밤의 눈밭에 붉은거미가 확고하게 핀다.

메리 프랭크스터스는 깡통의 투명한 라벨을 매만지며 시간을 마셨다.

메리 프랭크스터스의 검은 머리는 일분일초가 모자라게 하얗게 셉니다. 백야입니다. 메리 프랭크스터스 메리 프랭크스터스 메리 프랭크스터스 들이 하나둘씩 창가에서 회합합니다. 메리 프랭크스터스는 오른쪽 눈동자를 엽니다. 화창의 절반으로 안개비가 흩날립니다. 게이 샤가 웃고 웁니다. 눈동자를 닫습니다. 메리 프랭크스터스는 왼쪽 눈동자를 엽니다. 화창의 절반으로 눈보라가 몰아칩니다. 버림받은 게이 샤가 울고 웃습니다. 눈동자를 닫습니다. 메리 프랭크스터스는 화창의 중앙으로 사라지는 붉은거미 한 마리에 벌써 눈이 멉니다. 시간 속에서 나는 선명해지기를 거부한다.☆

　메리 프랭크스터스는 채 마르지 않은, 어디에도 없는, 라벨을 내려놓고 창문을 엽니다. 날씨와 날씨 사이로 가볍게 날아오릅니다. 메리 프랭크스터스는 한 통의 환각을 메리 프랭크스터스는 한 잔의 독서를 메리 프랭크스터스는 한 권의 무용을 동시다발로 수행합니다. 메리 프랭크스터스는 내일 밤으로 돌아와 시간으로 열린 눈동자로 메리 프랭크스터스의 책상에

☆ 죽을 때까지 선명하게 시간에 대한 삽화를 그린 메리 프랭크스터스가 투신하기 직전에 쓴 작전 문구. 서전 페퍼스 미스 론리하트 클럽 밴드의 노래 「비틀스」의 노랫말로 더 잘 알려졌다.

앉아 그림을 그리기 시작합니다.

메리 프랭크스터스는 시간의 제조 과정☆을 통해 평
생을 죽어가는 데에만 힘썼다.

☆ 선명하지 않은 효능을 숨긴 시간에 붙어 있는 라벨을 뜻하는 말. 파
  국을 통해 얻어지는 붉은거미를 단 한 장의 수많은 그림으로 그려냈
  다. 이 그림들 중 한 장은 1971년 비틀스의 열세번째 정규앨범『시
  간』의 커버로 쓰이기도 했다.

소설을 써라, 소설을, 소설 그 시절

그 시절[1]

헨리는 계집애 같은 녀석이야, 라는 말에 자주 못 박히던 가슴의 사람이었다. 헨리 제임스뿐만 아니라 다 커서 털북숭이 배관공과 대머리 해군이 된 헨리와 제임스 역시 망치와 못을 들었던 사람이었다. 배관공과 해군의 무렵 공중화장실에 호모라는 말이 나돌았다. 그 시대를 앞두고 헨리는 「못과 망치」에 등장하는 헨리와 로라에 열중했다.

그 시절

로라는 헨리에게 조용한 데이트를 청유했다. 로라는『럭비와 치어걸을 둘러싼 헨리의 청춘들』과 같은 소설에 심취한 말수 적은 헨리에게 말로 할 수 없는 매력을 느꼈다. 로라는 헨리의 말에 맞장구쳤다. 그럼, 아바가 최고야.

---

1) 아무것도 쓰이지 않은 채 쓰인 책이 소설을 쓰지 않았던 소설가가 펼쳐졌다.

그 시절

헨리가 자라났다. 헨리는 결혼기념일마다 헨리에게 헨리 레코드사의 아바 LP를 순조롭게 선물했다. 헨리가 마지막으로 헨리를 위한 LP를 사 들고 왔을 때, 제임스 헨리의 「기념일」을 읽고 있던 헨리는 헨리의 엉덩이를 두드렸다. 헨리는 방으로 올라갔다. 헨리는 소리쳤다. 헨리는 말이 없었다. 헨리는 잠들었다.

그 시절

제임스 헨리는 『로라가 돌아왔다』의 집필을 끝마쳤다. 헨리는 로라를 떠나야 했다. 헨리는 로라 곁에 남아야 했다. 헨리와 로라는 자신들의 성품과 취향대로 패자와 승자의 역할을 충실하게 나눴다. 이긴 사람이 모든 것을 갖죠. 밤마다 헨리는 헨리가 남기고 로라가 버리지 못한 노래를 로라 대신 들었다.

그 시절

병든 헨리를 먼저 떠나보낸 헨리는 사랑의 무대에
위치한 작은 아파트에서 제 손으로 죽음의 장막을 걸
었다. 준비된 죽음은 깨끗했다. 삶의 욕망이 침범하
지 않은 헨리의 마지막 공연에는 홀로 죽은 이를 위
한 우중충한 먹구름 대신 찬란한 햇빛이 드리워졌다.
『클리셰』로 남을 작가의 장례식 날씨 같았다.

그 시절

헨리와 동거를 시작한 로라는 헨리의 식에 참석하
지 않는 것으로 헨리를 떠나보냈다. 로라의 수사학적
방식에 따른 것으로, 로라는 그날 심야에 제임스 헨
리의 『헨리 죽다』를 읽었다. 로라는 계획대로 돌아오
는 토요일 저녁 만찬 때마다 헨리 레코드사의 LP 대
신 애먼접시를 돌렸다.

그 시절

헨리는 헨리와 오럴섹스를 나눴다. 헨리는 헨리의

식장에 참석한 로라 부인의 아들이었다. 그전에, 헨리는 아바의 노래에 맞춰 춤을 추는 것으로 헨리에게 기쁨을 주리라 마음먹었다. 헨리는 먼저 말했다. 언젠가 단 한 번, 아바의 노래에 맞춰 춤추는 헨리의 영혼을 본 적이 있습니다. 헨리는 사랑스러운 남자였습니다. 제임스 헨리는『금발 머리 분홍 립스틱』에서 다음과 같이 헨리를 추모하였습니다.

  그리하여 그 시절
  끝에서 우리는 모두 승자가 될 것이다.

  『그 시절』
  로라와 헨리는 치키치타가의 아주 오래된 부부가 되었다. 헨리와 헨리는 그리니치빌리지로 떠났다. 그리고 오! 헨리는 댄싱퀸에 맞춰 쇼를 펼치는 천국의 드랙퀸이 되었다. 그렇게 제임스 헨리는 그 시절을 끝맺었다.[2]

2) 제임스 헨리는 소설을 쓰지 않았던 소설가였다. 그의 작품 아닌 작품들로는 『아무것도 쓰이지 않은 채 쓰인 책이 소설을 쓰지 않았던 소설가가』 『치어걸과 럭비를 둘러싼 헨리의 청춘들』 『클리셔』 『헨리가 돌아왔다』 『로라 죽다』 『분홍 머리 금빛 립스틱』 『(소설을 써라, 소설을, 소설) 그 시절』이 있다.

처음으로 죽은 갱gang[1]

1

블랙버드 헥터는 늙은 로스앤젤레스 모텔 584호실로 들어선다.[2] 빌어먹을, 헥터는 핏물이 짙게 벌어진 짙푸른 투 버튼 슈트를 벗고 안전하게 침대로 든다. 전등 스위치를 잡아당기자 주홍빛 온기가 나타난다. 이곳은 도시의 구역이 아니다. 헥터는 어둠이 섞인 목소리로 차가운 이불의 촉감을 끌어 덮는다.

LA의 천사

가 나타난다.

---

1) 이제부터 등장하게 될 모든 노래는 죽은 목소리가 아니라 죽어 있는 목소리로 대신할 겁니다. ― 모리세이에게

2) 젊은 날의 대부분을 일용직 노동으로 보낸 제임스 프랑코가 모텔 584호실에서 너덜너덜해진 기포드의 『처음으로 죽은 갱』을 발견했을 때, 여전히 젊은 제임스 프랑코는 처음으로 죽은 갱을 꿈꿨다.

눈 위에 떨어진
밤새의 인자한 눈동자에
아가의 눈 감은 얼굴이 담겨 있네
작고 작은 밤새야 싸락싸락 밤새야
너는 죽어서도 죽어가는 인생을 노래하는구나

잘 자렴, 부서지는 목소리로 자장가를 들려주던 어
머니를 흙에 묻은 건 누굴까. 블랙버드 헥터는 베개
의 뒷골목으로 얼굴을 돌린다.

2

제임스 프랑코는 이름도 없는 어머니의 자장가를
되뇌기 시작했다. 제임스 프랑코는 이름도 없는 어머
니가 생명의 나무 아래에서 홀로 그를 낳을 때, 약에
취했다.[3] 제임스 프랑코는 이름도 없는 어머니의 다
리 사이에서 그가 숨을 죽이고 있을 무렵, 아가야 맨

처음 내가 본 세상을 잊지 말렴. 제임스 프랑코는 죽어가던 어머니의 목소리를 기억했다. 제임스 프랑코는 처음으로, 귀퉁이를 접었다. 제임스 프랑코에게 죽은 이름도 없는 어머니는 고전적이었다.

3

밤은 한 그루의 달을 느리게 넘어갔다.

돌아가렴

---

3) 이제 막 숲을 빠져나와 해변에 선 제임스 프랑코는 바다 위에 솟은 거대한 나무 한 마리를 봅니다. 나무는 물 위에 앉은 새와 같이 보입니다. 잎사귀들이 날갯짓할 때마다 철썩철썩 시간이 밀려왔다 밀려갑니다. 부서집니다. 그때마다 제임스 프랑코는 죽은 몸에서 태어난 헥터의 모습을 봅니다. 제임스 프랑코에게 헥터는 어린 제임스 프랑코처럼 보이고 늙은 헥터처럼 보입니다. 죽은 어머니는 날아왔다가 날아갑니다. 제임스 프랑코는 나무와 새와 어머니를 향해 물에 잠기며 걸어갑니다.

네가 태어나기 전에
죽어 있던 평화로운 둥지로

블랙버드 헥터는 정중하게 식어가고 있다. 제임스
프랑코는 약 기운에 빠져 잠의 바깥에 들어 있었다.
헥터는 딱딱한 이불을 치우고 깊은 구멍을 들여다본
다.[4] 제임스 프랑코는 점점 더 크게 벌어지는 암흑의
부리를 보았다. 시트는 드넓고 검붉게 물들어 있다.
제임스 프랑코는 발가벗은 연인들이 침대 상판에 음
각으로 새긴 신비로운 장소를 매만졌다. ＬＯＶＥ 밤
이 제일 먼저 날아와 둥지를 짓고 제일 늦게 새끼를
낳는 곳. 우리들의 죽은 어머니는 아직 그곳에 살아
계실지도 몰라. 헥터는 우측 벽에 붙은 대형 거울을
향해 늘어진 몸을 돌린다. 제임스 프랑코는 거울에

---

4) 헥터는 UFO를 따라 별과 별 사이에 있는 한밤의 화장실로 들어섰
다. 제임스, 헥터는 외계인에게 물과 불을 빌렸다. 헥터는 물에 불
을 붙였다. 외계인은 불시착한 UFO를 만지작거리며 물었다. 블랙
홀을 무사히 통과할 수 있을까? 살아야겠지.

144

비친 황량한 사내를 응시했다. 거대한 비행 물체가
서로 바라보지 못하는 두 시간 속의 눈동자들을 꿰뚫
으며 지나갔다. 헥터가 입술을 벌리자, 제임스 프랑
코는 소리 없이 읊조렸다.

  헥터, 이 바보 같은 놈
  너는 왜 우리의 구역에 있었지
  우리는 시시한 좀도둑들이었는데
  너는 작은 것들을 위대하게 훔쳐 왔는데
  그래, 너는 사람들의 마음을 훔쳤을 뿐이잖아

    4

  이름도 없이 죽은 아름답고 고단한 여인이 그들 옆
으로 날아와 눕는다. 그녀는 그들을 품고 자장가를
지저귄다. 기억한다. 그들이 생명의 나뭇잎을 물고
그녀의 두 다리 사이로 날아왔던 밤을. 늙은 로스앤

젤레스 모텔 584호실은 죽어가고 있다. 그는 그의 글로리홀을 가슴으로 덮는다.[5] 이 시시한 놈. 너는 왜 너희의 구역에 있지 않았지. 안전한 구역에, 네가 모든 사람의 마음을 훔쳐 간 곳에. 어머니의 품 안에. 그 품 안에서 그는 전등 스위치를 잡아당긴다. 밤새는 그제야 밤으로 날아간다.

LA의 천사

가 나타난다.

이리 오렴, 아가

---

5) 제임스 프랑코는 물에 젖은 얼굴로 천사의 날개가 그려진 글로리홀을 바라봤다. 헥터의 담배 연기를 따라 구멍 난 UFO 모양을 한 글로리홀이 조금씩 움직였다. 둘은 동시에 그리고 각자 글로리홀에 눈동자를 가져다 댔다. 새들이 우거진 해변 위에 숲을 낳은 거대한 나무 한 그루가 이제 막 새로운 생명을 잉태하는 중이었다.

창문에 비친 별빛을 보렴
맹인복지관 너머로부터 오는 새벽을 보렴
구멍 난 너의 시체에 들이비치는 햇빛을 보렴

5

지나버린 겨울밤, 총에 맞은 새는 늙은 로스앤젤레스 모텔에서 발견됐다. 처음으로 죽은 갱 영화가 동시 상영 중인 도시의 구역에 깃털처럼 떨어진 곳이었다.[6]

---

6) 배우의 탄생에 대하여 — "그는 『뉴욕타임스』에 게재된 다음과 같은 토막 가사로부터 노래를 시작했다고 했습니다. 그리고 그때, 저는, 그곳에서, 그의 구역에서, 로스앤젤레스의 겨울밤에서 도로포장 작업을 하던 중이었습니다. 그러므로 저는 누구보다 죽어 있는 목소리로 헥터를 살 자신이 있었습니다." 제임스 프랑코, 『글래머』, 1월 11일 인터뷰 참조.
0) 존경과 감사의 마음을 담아 테런스 맬릭에게.

최후의 얼룩얼룩

석탄가루가 날렸다 얼룩얼룩은 붕괴된 유리창의 세계를 통해 밀려오는 밤을 숙지했다 어디에도 누구에게도 없는 가루분의 밤이었다 얼룩얼룩은 경직된 시스루 날개를 흔들었다 날개에 수놓인 노란 자오선이 시간에 무늬를 입혔다 밤의 입자가 서서히 흩어졌다 짙어졌다 날갯짓 소리는 소리 없이 불시착한 인류의 시시한 유적을 맴돌았다 얼룩얼룩은 거대한 음소거 안에서 천 개의 총천연색 더듬이를 곧추세웠다 얼룩얼룩은 오늘도 중간부터 어두워질 기억을 깨진 유리조각 위로 재생시켰다

아직, 우리의 세계에서 빛이 사라지기 전

섬[1]
은 이곳과 큰 흰빛을 오가며

---

1) 인류의 기술이 집약된, 우주에서 가장 길었던 석탄 열차. 열차의 이름은 최초의 광산이었던 섬을 따서 지어졌다.

148

잠을 뒤집어쓴 직립의 짐승들을 실어 날랐네

아직, 우리의 세계에서 석탄이 사라지기 전

그 섬에 한 탄광부가 있었네
그는 기계였네
그는 복제품이었네
그는 그의 연인을 기억하는 마지막 사람이었네

아직, 우리의 세계에서 사랑이 사라지기 전

그는 사랑으로 반쯤 죽은 자
그는 인류 속에 홀로 기생하고
그는 기억을 담보 삼고
그는 얼룩을 통해 얼룩졌네

아직, 우리의 세계가 사라지기 전에

얼룩얼룩은 더듬이를 내렸다 과거의 미래를 끝까지
밝히지 못했다 그러므로 얼룩얼룩에게 죽음은 이미
의미 있었다 얼룩얼룩은 노란 자오선을 거뒀다 새마
을호[2] 지붕으로 검은 우수가 우수수 떨어져 내렸다
얼룩얼룩은 침침한 눈을 닫았다 유리 조각들이 검어
졌다 갑각류의 어둠이 밤의 밑바닥으로 착 가라앉았
다 얼룩얼룩은 감은 눈으로 빛과 석탄과 사랑을 잃은
해골과 녹슨 기계 들을 응시했다 쓸모가 사라진 것들
속으로 성글성글 물이 들었다 먼 훗날 우리의 사랑은
발굴될 수 없으리 한 탄광부의 남은 심장을 향해 얼
룩얼룩[3]의 물이 얼얼룩룩 떨어졌다 살아남은 시간이

---

2) 본래는 석탄을 운반하던 긴 열차였으나, 은하 철도 이주 공사 발족
   과 함께 모든 열차의 명칭과 노선이 좌에서 우로 바뀌면서 주로 유효
   기한이 다 된 복제인간들과 교체 부품이 생산되지 않는 폐품 처리 직
   전의 로봇들, 쓸모가 사라진 인간들의 강제 이주 수단으로 전락했다.
3) 외롭고 습기가 많으며 인간적인 곳을 좋아해 주로 쓸모없는 것들 속
   에서 서식한다. 잡식성으로 기억을 먹기도 하는데, 장(腸) 안에 편모
   충류가 공생하고 있어 기억의 고독섬유소(셀룰로오스5)를 분해시킨
   후 흡수한다. 주로 3행성에 분포했지만 행성 이주 정책으로 말미암
   아 6, 9, 15행성 등지로 서식지가 옮겨졌다.

점점점 흘러갔다

  아직, 우리의 세계에서 빛이 사라지기 전……아직,
우리의 세계에서 석탄이 사라지기 전……아직, 우리
의 세계에서 사랑이 사라지기 전……아직, 우리의 세
계가 사라지기 전에……

폴로네즈Polonaise
— 미시마와 유키오 풍으로

늙은 수위가 실종된 지 일주일째였다. 유키오는 금
빛 놀이 각진 창밖을 내다봤다. 화단에 도열해 선 나
무들의 잎사귀는 하루가 다르게 선명한 핏빛으로 물
들고 있었다. 유키오는 칼집에 꽂힌 단도를 만지작거
리며 폴로네즈[1]의 노래를 흥얼거렸다.

*

자정을 알리는 괘종시계 소리가 긴 컴컴한 복도로
울려 퍼졌다. 교탁 앞 책상에 엎드려 있던 미시마는
허리를 똑똑하게 폈다. 미시마의 희멀끔한 얼굴은 어

---

1) 소리 소문 없이 사라졌으니, 미시마와 유키오의 폴로네즈를 기억하
는 이가 아무도 없다는 것은 그리 놀랄 일이 아니다. 그들이 언젠가
내게 준 녹음테이프 속에는 지금 들어도 앞서서 뒤처진 노래들뿐인
데, 그렇다고 해도 나는 그들이 분홍색 종이에 삐뚤삐뚤한 글씨로
가사를 적어준 「밤마다 나를 교실에서 만나요」를 읽고 들을 때마다
한밤의 교실로 달려가 춤추고 싶은 마음을 억누르느라 거의 기진맥
진할 지경이다. 폴로네즈의 노래를 듣고 싶다면, 아닌 밤중에 녹음
테이프를 빌려드릴 수도 있다.

둠 속에서도 눈에 띄었다. 분장이 단정한 가부키 배우 같았다. 미시마는 죽음이 덜 깬 눈으로 책상 서랍을 뒤졌다. 폴로네즈[2] 빛깔의 입술연지를 꺼내 바르며 색깔 있는 입술을 흐느적거렸다.

달빛이 소리 없는 교실로 풍성하게 밀려왔다. 폴로네즈[3]를 차려입은 나무들의 그림자가 넘실거렸다. 미시마는 자리에서 일어나 까닭 없이 몸을 배배 꼬며 고개를 까닥까닥했다. 두 손으로 가슴을 천천히 쓸어내리다가는 허공으로 쭉 뻗어 내버려두었다. 뼈만 남은 손목이 한들한들 꺾였다. 고백의 가면을 쓴 올빼미 울음이 들려오자 미시마는 그야말로 무용했다.

삐걱 삐걱 삐걱 삐걱. 누군가가 한밤의 복도를 제 박자로 걸어왔다. 미시마는 주르륵 찢어진 미소를 머

---

2) 우리가 첫사랑이었을 때부터 관상용으로 키워진 나무. 유난히 붉은 나뭇잎 때문에 피를 머금은 식물 또는 사랑의 갈증으로 불린다.
3) 검은 도마뱀 시대의 대표적인 의복 양식. 오버스커트를 여러 개의 화려와 낭만으로 부풀려서 옷의 양옆과 엉덩이 쪽에 놓이게 하여 원통형의 불안을 만들어냈다. 주로 비틀거리는 여인들이 입었다.

금고 춤을 멈췄다. 교실 앞문으로 이크이크 떠갔다. 발걸음 소리가 차츰 가까워졌다. 삐걱. 문에 매달린 유리창을 사이에 두고 미시마는 유키오의 얼굴을 마주했다. 자기들의 얼굴은 계집애처럼 얌전하게 입을 맞췄다. 시간은 잘도 흘러서 미시마는 책상으로 돌아가 엎드렸다. 부러진 목뼈 조각을 떼어내 책상 모서리에 새겨진 이름을 새겼다. 유키오는 그 자리에 한참을 서서 미시마의 으깨진 뒷모습을 바라봤다. 거기 누구요.

수위는 유키오를 향해 손전등을 비췄다. 유키오는 빛을 받으며 이루 말할 수 없는 얼굴을 돌렸다. 눈을 감고 점점 더 걸어갔다. 밤마다 나를 교실에서 만나요. 노래했다. 수위는 느리게 뒷걸음질 쳤다. 폴로네즈[4] 선율이 에워싼 복도 창문으로 나무들의 검은 눈동자가 어른거렸다. 유키오는 옷소매로 눈가를 닦았

---

4) '점점 더 느리게 슬픔'에 맞추어 추는 춤곡. 육체의 학교에서 개설한 부도덕 교육 강좌의 인기가 시들해질 때쯤 우국의 청년들 사이에서 유행하기 시작했다.

다. 어깨 근육 위에 내려앉았던 눈물 몇 올이 나무 바닥으로 떨어졌다. 수위는 끝내 빛을 잃었다. 둘은 복도의 두꺼운 어둠을 향해 내달렸다.

*

뒤집힌 유키오 미시마의 이름 위로 이름 없는 국화 꽃잎들이 떨어졌다. 눈 내리는 열일곱 번의 봄이었다. 교실 뒤편 책상에 얼굴을 묻은 유키오는 아무도 모르게 뚝뚝 배를 땄다. 미시마의 해사한 죽은 얼굴이 파닥파닥 튀어나왔다. 미시마 유키오는 파도 소리를 들었다.

(계속)

오래된 소녀야.

깊고도 넓고도 깊고 넓은 꿈이 흐르는 방[6]에서 빠
져나온 소녀야.

치렁치렁한 소녀야.

푸르고 가는 발목까지 백발을 늘어뜨린 소녀야.

원래부터 어여뻤던 유모를 빼닮은 딸의 원래부터
어여쁜 딸을 찾는 소녀야.

유모, 유모 빗질을 해주셔요.

죽기 전까지 유모의 꿈을 빼앗아 갈 소녀야.

고래 가죽으로 정전기를 매만지는 소녀야.

유모가 들고 온 투명한 얼굴을 펼치는 소녀야.

고래! 고래! 고래!

고래고래 소리치는 소녀야.

이건, 정말 사랑받지 못할 얼굴이에요, 유모.

표고버섯빛 얼굴의 질식한 소녀야.

---

6) 단잠(아주 달게 곤히 자는 잠, 자다가 도중에 깨지 않고 죽 내처 자
는 잠)을 대신하여 쓰는 관용구의 일종. 인생 서남부 일대에서 자주
쓰인다.

156

＊

　심약한 빛 속에서 라주 핸디크는 자신의 꿈을 들여
다보는 오래된 소녀의 얼굴을 바라봤다. 아무리 보아
도 사랑받지 못할 얼굴이군. 라주 핸디크는 실실 떠
날 채비를 했다. 달빛 매듭이 풀렸다. 어둠에 쌍꺼풀
이 졌다. 오래된 소녀의 불가사의가 라주 핸디크의
눈동자에 맺혔다. 라주 핸디크는 오래된 소녀의 별빛
을 다시 보았다. 얼굴을 잃었군요. 라주 핸디크는 오
래된 소녀를 향해 가는 다리를 움직였다. 순간이 지
난 순간이었다. 오래된 소녀가 라주 핸디크의 눈을
찌르며 발버둥쳤다. 버러지! 버러지! 버러지! 라주
핸디크의 얼굴이 갈기갈기 찢겼다. 라주 핸디크는 오
래된 소녀의 영혼이 깃든 하얀 숲[7]으로 도주했다.

---

7) 인생 서남부 애솔에서 쓰이는 숨은 말. 유령 숲, 아가씨의 새하얀
   음모, 소녀의 백발 등을 가리킨다. 읽는 이에 따라 뜻 쓰임이 달라
   진다.

꽃

두 개의 눈썹달이 미간의 간격을 좁히는 밤이 되었네.

마을에서 가장 오래된 소녀 놀라 눈을 반만 감았네.

아가씨! 아가씨! 오래된 우리 아가씨!

언제 눈을 감을까.

원래부터 어여뻤던 유모를 빼닮은 딸의 원래부터 어여쁜 딸이 노래 불렀네.

꿀꿀꿀 다 자란 털들이 아가씨에게 날아왔네. 노래 불렀네.

아가씨 얼굴에 명명백백한 곰팡이가 폈네. 노래 부르다 다 죽었네.

아가씨의 백발이 풍성한 물로 변했네.

겨울이 처음에는 세 발로 다음에는 두 발로 마지막에는 네 발로 왔네.

아가씨는 아가씨를 잃었네. 꿈이 사라질 무렵,

숲 속 거미 두 마리 시간을 거슬러 떠내려왔네.
아가씨, 꿈에 빠진 인면거미 아가씨라 불리었네.[8]

＊

얼굴을 잃어가는 라주 핸디크 씨는 똥구멍에서 흘
러나온 실을 뚝 끊으며 꿈인지, 카펫인지, 이야기인
지에 점을 찍었다. 간신히 눈에 보이는 물방울이었
다. 라주 핸디크 씨는 두 번 다시 사람의 얼굴을 꿈꾸
지 않으리라 다짐했다. 거미! 거미! 거미! 라주 핸디
크 씨의 운명에서 그 옛날 단 한 번 스쳐 지나간 불가
사의한 소녀의 얼굴이 가물가물 사라졌다. 라주 핸디
크 씨는 자신에게 남은 사람얼굴을 지워버렸다. 동이
트고 있었다. 마침내 우주가 시작된 것이다.[9]

---

8) 인생 서남부 변소 골목에 사는 거미얼굴들이 단잠을 청하기 위해 부
르는 노래. 이제 영영 눈감은 아가씨, 이제 영영 사라진 아가씨, 이
제 영영 사라져 꿈에 빠진 인면거미 아가씨,라는 노랫말을 다양한
음에 얹어 반복한다.

THE FUTURE#

기지가 건설됐다. 사람의 힘으로 막을 수 없는 사람의 힘 덕분이었다. 그로써 달이 사라졌다. 파도가 가라앉았다. 푸른 자정의 순환이 사라진 심해에서 숨죽인 이들의 허파꽈리가 물거품으로 떠올랐다. 죽은 달의 사정액처럼. 앞으로도 영영 기지에는 아무도 살지 않는다. 기지는 빈 기지일 뿐. 이름 없는 군함들이 기지를 조문하고 사라졌다. 기지의 노포핵이 껍질을 벗었다. 커졌다. 우뚝 섰다. 조준과 발사. 때때로 정체가 분명한 다국적 유령선들이 기지를 뚫지 못하고 해체됐다. 파스칼, 얼굴들은 물러나야 해. 물러나서 얼굴들은 기지의 촌에 숨어 있는 자들이 되어야 해. 파스칼이 입을 다물고 있을 때 얼굴들은 사람이 다시 사람이 되는 일의 기진맥진함을 저 멀리 불어 터진

윌리엄 바신스키의 음악. 파스칼은 새벽부터 선명해진다. 기지의 촌을 향해, 우리는 미래의 파스칼과 대면한다. 그때 투명한 얼굴이 화면에 나타난다. 그때 투명한 얼굴도 화면에 나타난다. 그때 투명한 얼굴까지 화면에 나타난다. 음악은 지금부터도 25분 11초 동안 흘러 들어간다. 우리는 보면서 아무것도 보지 않는다. 음악이 멈춘다. 해변의 끝 장(章).

허파들로부터 찾으려 했다. 기지는 홀로 드넓어졌다. 기지의 피스톤 운동을 피해 얼굴들은 멸종 위기에 처했다. 멸종의 미토콘드리아는 생물의 어깨 위로 내렸다. 붉은 눈이었다. 얼굴들은 1헤르츠씩 주저앉는 어깨를 맞대고 서로에게 호흡을 쌓았다. 파스칼은 시간을 가로질러 가려 했다. 얼굴들은 입을 모아 실패한 공작을 이야기했다. 파스칼, 얼굴들에게 남은 건 단 한 번의 기회뿐이야. 기지는 황홀하게 황폐해졌다. 얼굴들은 기지의 핵심으로 모였다. 얼굴들은 융합되고 폭발했다. 백과 흑. 바다에 구멍이 뚫렸다. 기지는 기지로 기지로 기지로 기지를 넓힌다. 기지는 신속하고 정확하게 섬으로 뻗어 온다. 구멍을 지나온 파스칼은 최첨단의 불안을 안고 단단한 바위 해변의 입구에 당도했다. 붉은발말똥게들이 달빛을 생포한 집게다리를 사납게 쳐들고 줄지어 좌로 좌로 이동 중이었다. 파스칼은 해변의 끝에 있는 미래의 기지를 향해 dp5를 움직였다. 과거에 찍히는 파스칼의 발자국들이 점점 더 선연해졌다.#

윌리엄 바신스키의 음악. 파스칼은 새벽까지 희미해진다. 기지를 향해, 우리는 미래의 파스칼과 행동한다. 그때 당신 얼굴이 화면에 등장한다. 그때 당신 얼굴도 화면에 등장한다. 그때 당신 얼굴까지 화면에 등장한다. 음악은 지금부터도 25분 11초 동안 흘러 들어온다. 우리는 아무것도 하지 않으면서 한다. 음악이 멈춘다. 해변의 끝 장(章) 폭발.

케이트 블란쳇이 꾸는 꿈에 대하여[1]

나는 제네바의 한 노천카페에서 한 장의 사진을 발견했다. 여배우의 꿈을 여러 각도에서 바라본 시선 중 하나로 케이트 블란쳇이라고 불리는 이미지였다.

케이트 블란쳇은 에스콰이어에 실린 케이트 블란쳇의 꿈속에서 소실점을 찾았다. 그녀가 지금까지 수도 없이 보았지만 한 번도 본 적이 없는 자신의 얼굴에 생겨난 무수히 작은 단 하나의 소실점이었다.

나는 눈을 감고 케이트 블란쳇의 얼굴에 점 하나를 기록했다. 점찍은 케이트 블란쳇의 얼굴이 또 한 차례 어두운 방의 렌즈에 비쳤다. 나는 촬영을 시작했다. 점에 케이트 블란쳇의 얼굴을 붙인 건 누굴까.

케이트 블란쳇은 이제 막 발굴된 한 방울의 소실점

---

1) 바흐, 「골드베르크 변주곡 BWV 988 중 아리아」. 한편인 영화와 소설과 시가 제네바의 전경으로 동시에 시작된다. 대화는 없다. 두 사람의 목소리 동시에 들려온다.

이 곧 사라진 나라 루의 글자 같다며 멀어졌다. 옛날에, 글썽이는, 눈먼, 사람이라는 뜻을 가진 희미해지는 문자. 케이트 블란쳇은 오늘만 해도 자신이 시간을 떠돌아 왔다는 것을 깨달았다.

그러던 어느 달, 눈감은 보르헤스는 촉감으로 책 읽는 법을 익힌다. 그는 금박에 묻은 먼지들을 쓸어내며 제목을 듣고 침묵을 향해 넘어가는 책장의 소리들을 경청했다. 보르헤스는 제네바에서 영원히 끝나지 않는 꿈을 펼치기 직전까지 영혼을 우주의 음악을 읽는 데, 썼다.[2]

나는 눈이 멀어 눈을 뜬 보르헤스의 영혼과 곧 마주친다. 오른쪽 눈 밑으로 떨림이 일었다. 케이트 블

---

2) 이탈리아의 음악학자 지아모토는 1886년경 드레스덴의 한 도서관에서 스케치 악보 하나를 발견한다. 그는 그것이 1986년경 보르헤스가 작곡할 소나타 작품 「꿈의 일부분」이 될 것으로 추정, 스케치를 토대로 두 대의 오르간이 딸린 G단조 현악 합주 작품인 「캐서린을 위한 아다지오」를 완성한다.

란쳇에게까지 눈뜬장님의 세계는 이어졌다. 보르헤스
는 옛날에 케이트 블란쳇을 글썽이는 케이트 블란쳇
을 눈먼 케이트 블란쳇을 사람 케이트 블란쳇을 주렁
주렁 매달아놓았다.[3]

나는 제네바의 아무도 없는 곳에서 촬영에 임했다.
나는 속눈썹을 붙였다. 나는 대본 대신 외국소설을
들었다. 나는 촬영장에 있고 사라졌다. 나는 문자 한
통을 받았다. 당신 얼굴에 점을 찍었소. 나는 나에게
중얼거렸다. 입 다문 케이트 블란쳇은 케이트 블란쳇
에게서 미끄러진 물방울들을 하나씩 주웠다.[4]

---

3) "케이트 블란쳇은 케이트 블란쳇을 바라보며 시작된다. 열한 살의
   케이트 블란쳇은 심장마비로 갑자기 세상을 떠난 아빠의 영혼을 기
   다리며 밤을 침대 밖으로 밀어낸다." 사라 달의 『사진 노트 1886~
   1986』 참조.
4) 후에 토드 헤인즈는 케이트 블란쳇과 함께하기 위해 그녀에게 다음
   과 같은 한 통의 문자 메시지를 보냈음을 고백한다. '오래전부터 당
   신을 점찍어두고 있었어요. 당신이 점을 찍고 주드로 살아주길요.'

나는 커피를 주문했다. 케이트 블란쳇을 넘겼다. 나는 담배를 꺼냈다. 케이트 블란쳇은 제네바의 아무도 없는 곳에 있다. 케이트 블란쳇은 속눈썹을 올린다. 케이트 블란쳇은 외국 소설을 펼친다. 케이트 블란쳇은 순식간에 촬영장의 없는 존재가 된다. 유령, 유령, 유령. 케이트 블란쳇은 문자 한 통을 보낸다. 제 얼굴에서 소실점을 찾았어요. 케이트 블란쳇은 케이트 블란쳇에게 중얼거린다.[5]

케이트 블란쳇은 에스콰이어에 실린 케이트 블란쳇을 보았다. 제네바에서 나는 거기 없다를 촬영 중인 케이트 블란쳇이었다. 케이트 블란쳇의 꿈이 한눈에 들어왔다. 옛날에 글썽이던 눈먼 사람 케이트 블란쳇은 자신의 꿈이 과실처럼 매달린 식물에 물을 분무하

---

5) 짐 자무시의 「커피와 담배」에서 케이트 블란쳇은 1인 2역을 맡아 사촌지간인 케이트와 셸리로 등장한다. 홍보 행사가 열리는 호텔의 라운지에서 케이트, 케이트 블란쳇은 자신과 똑같이 생긴 셸리, 케이트 블란쳇을 만나게 된다.

는 거대한 손을 보았다. 보르헤스는 제네바의 식당에 앉아 영혼의 양식을 어루만지며 자위했다.[6]

나는 케이트 블란쳇을 만났다. 나의 나는 제네바의 한 노천카페에 앉아 있고 나의 나는 커피를 마시고 나의 나는 담배를 피우고 나의 나는 나의 나는 나일까 생각한다. 보르헤스는 꿈으로 사람을 떠나기 전 한 편의 영혼을 에스콰이어에서 소실했다. 케이트 블란쳇의 꿈에 대한, 나는 케이트 블란쳇인가.[7]

나는 눈을 떴다. 누구도 보이지 않았다. 무엇이든 보였다. 나는 제네바의 한 노천카페에 앉아 잔을 내

---

6) "양식style이라는 용어는 고대 로마의 필기도구 명칭인 스틸루스 stilus에서 유래되었는데, 이 단어는 글씨의 모양뿐 아니라 단어를 선택하는 요령까지 포함한 작문 방법을 가리키는 개념이다." 보르헤스는 애무 중인 미술사의 책장을 넘겼다.

7) 케이트 블란쳇의 출생 명은 캐서린Catharine 블란쳇이다. 케이트 블란쳇은 마틴 스콜세지의 「에비에이터」에서 캐서린 헵번으로 분했다. 케이트는 캐서린이 되기 위해 온몸에 주근깨를 그려 넣었다.

려놓고 불을 비벼 *끄*고 에스콰이어를 매만졌다. 촬영
장의 케이트 블란쳇은 외국 소설과 커피와 담배와 케
이트 블란쳇으로 둘러싸여 인물들을 꿈꿨다.[8]

　옛날에 케이트 블란쳇은 다시 눈을 떴다. 촬영장은
아직 준비되지 않은 상태였다. 케이트 블란쳇은 의자
위에 금잔디빛 에스콰이어를 남겨두고 글썽였다. 케
이트 블란쳇은 거울을 찾아 눈먼 사람처럼 촬영장을
빠져나갔다. 지금 당장 확인해야 할 점이라도 있다는
듯이.[9]

---

8) 케이트 블란쳇은 다음 사람들의 꿈을 실현하지 못했다. 리들리 스
　콧, 한니발, 클라리스 스탈링, 마이크 니콜스, 클로저, 안나, 루이
　스 브뉘엘, 케이트 블란쳇의 꿈에 대하여, 케이트 블란쳇.
9) "난 나의 첫 영화 현장을 기억한다. 주연 배우가 있었는데, 촬영 중
　짬이 날 때마다 잡지를 읽거나 잠을 잤다. 나는 생각했다. (영화 현
　장에서 연기하며) 어떻게 저럴 수가 있지?" "어떤 일에 실패할 것을
　안다면, 영광스럽게 실패하라!" 두 사람의 목소리 동시에 들려온다.
　대화는 없다. 한 편의 영화와 소설과 시가 제네바의 전경으로 동시에
　끝나간다. 바흐, 「하프시코드 협주곡 F단조 BWV 1056, 제2악장 라
　르고」.

169

국경[1]

❄

백 년에 한 번
눈이 올지 말지 알 수 없는
우연의 국경지대에서는
눈이 내리면
양귀비 차를 끓여 마신 후 생기는
컵 밑바닥의 얼룩으로
생애 단 한 번일지 모를 사랑점을 친다[2]
틈 없이 원을 그리며
자작나무 빛깔을 내는
얼룩은
영원한 사랑과 죽음을 뜻해 종종

---

1) 앵무새 집시 비에라 비올라를 추모하며 제3세계 뮤지션들이 모여
   만든 『국경의 밤』 빽판에만 수록된 작자 미상의 연주곡 명.
2) 국경 없는 점성술사들의 모임에 따르면, 오늘날 그 자취를 찾아보기
   어려운 컵점 책은 컵에 남은 얼룩의 모양이나 색에 따른 점술은 물
   론 차를 이용한 연애 비법까지도 소상히 적고 있어 당시 소년소녀들
   의 필독서였다고 한다.

섬약한 연인들을 눈물의 방에 가두고
문을 잠가버린다

❇

　내리네 국경에서였다. 오스카[3]는 날개를 펼친 주네
를 향해 방아쇠를 당겼다. 주네는 창백한 입술을 벌
리며 길 위로 쓰러졌다. 주네의 심장에서 붉은 침묵
의 문장이 쏟아져 나왔다. 하얀 깃털은 빛을 잃어갔
다. 그 시간으로 돌아가게 하소서. 오스카는 얼굴 가
득 튄 비린 죽음의 파편들을 닦아내며 입속으로 총구
를 넣었다. 긴 어둠은 깊숙한 어둠을 마주했다. 순식
간에 얼굴과 뒤통수가 사라진, 앞과 뒤가 포개진, 안
과 밖이 뒤집어진 오스카가 주네[4]의 날개 속으로 추

---

3) '터프한 오스카'라고 불리는 탐험가 와일드 오스카 씨의 이름을 빌
　　려 왔으나 다만 그 이름만을 빌려 왔을 뿐, 그와는 전혀 상관없는
　　인물이다. 그러나 그의 유작 『환상으로서의 국경』에 등장하는 도리
　　언 그레이스의 우아함에 영향을 받았음은 부인할 수 없다.

락했다. 하늘에서 흰빛의 가호가 내려왔다. 두 사람을 본래의 한몸으로 붙이기 위한 천사들의 나팔 소리가 울려 퍼졌다. 세상의 모든 시계가 거꾸로 돌았다. 철새들의 경로를 따라 흰 별들의 발목이 고요히 국경을 넘어왔다.

✳

살롱 몽상의 국경 지대[5]에서 큰 앵무새의 유랑가를
듣고 있습니다 후룩후룩
　고소한 양귀비 차를 마시며 당신의

---

4) 와일드 오스카의 처녀작 『환상으로서의 국경』 중 「순수의 국경」에 등장하는 일기 도둑, 장 마르코 주네의 이름을 그대로 가져왔다. 작품에서 장 마르코 주네가 국경을 넘으며 부르던 「나의 순수는 타락함으로써만 증명됩니다」라는 노래에 짙은 인상을 받았음을 노래하며 적는 바다.

5) 밀롱의 뒷골목에 있는 술집의 술기운을 빌렸다. 가브리엘 가르시아 바케스 집안이 백 년 동안 술값 대신 고독을 받았다고 전해지는 이곳은, 지금도 국경을 넘은 예술인들의 아지트로 사라지고 있다.

172

등뼈인 듯 타자기의 글쇠를 두드립니다

사랑을 맹세하려는 연인들이 눈내리는 국경으로 몰려왔네

험난한 협곡을 지나오며 연인들은 신비롭게 살갗을 문지르고 슬퍼지고 지치고 표정도 없이 시간이 가도 가도 눈은 보질 못하고

눈이 내리면 눈이 내리면

눈내리는 국경의 선인장들 위로 가시 돋친 연인들의 바람이 둥둥 떠다녔네 바람과 바람이 만나 의심스러운 식물을 이루기도 했네

우리 사랑의 배후에는 거대한 음모가 숨어 있어요!

눈이 내리지 않는 눈내리는 국경의 밤에 사랑의 개

넘이 사랑의 범위가 사랑의 질량들이 차례대로 시간
의 단두대에 올랐네

 쓸쓸을 뒤집어쓴 모래바람을 따라 사랑의 머리들이
댕강댕강 잘렸네 결투가 끝난 황야의 모자들처럼 눈
내리는 국경을 떠나기 위해 배신의 박차를 가했네

 그리고 둘로 나뉜 연인들이 남았네

 흰 눈이…… 내리네

 비에라 볼라[6]는 노래를 멈추고
 창밖을 하염없이 바라봅니다
 타자기에 종이도 끼우지 않은 채
 나는 당신이 사는 국경의 방식입니다

―――――――――
6) 체코 보헤미아 지방의 조그마한 집시 마을에서 나고 자란 디바. 천
  개의 국경을 넘으며 채득한 깊이 있는 음성으로 집시 음악의 큰 앵
  무새로 불린다.

하얀 새들이 발목을 접고 빛을 펼치는 밤
자작나무 숲은 점점 창백해지고
눈은 내리고 꼭 백 년 만에
눈 내리는 제 점괘는 둥근 얼룩입니다

우주관람차 12호의 마지막 손님*

    폭설은 도시를 불시에 점령했다. 도시인들은 호박만 한 눈송이 군단의 공격을 피해 필사적으로 도망쳤지만, 대오를 맞춰 진군해온 폭설은 한순간에 도시를 전쟁미망인처럼 잠잠하게 만들었다. 교회의 종소리도 자동차의 경적도 군대의 기상나팔 소리도 사라진, 오랜만에 도시를 순방한 적막이었다. 이따금 불어오는 바람만이 이 말 없는 풍경을 조심스럽게 흔들어댈 뿐이었다.

    도시는 거대한 눈 무덤이 되었다. 도시인들은 잠자코 겨울잠**에 들었다. 변화무쌍한 낮과 밤이 싸락싸락 오갔다. 폭설은 점차 함성을 잃었다. 무덤은 햇볕

---

* Ghost City의 마지막 입구에 그려진 그림의 제목으로, 그림에는 다음과 같은 글귀가 낙서되어 있다. "그 밤, 한 사내가 홀로 우주관람차 12호 안으로 들어갔다. 미국 배우 존 굿맨을 닮은 뚱뚱한 사내였는데, 나는 그가 굳이 유령의 도시까지 와서 우주관람차에 들어앉은 이유를 쉽게 짐작할 수 있었다. 사내는 도시인이었던 것이다." 이 그림과 낙서를 보던 밤, 나는 그곳의 마지막 손님이었다.
** 겨울이 되어 동물이 대사 활동을 최대한 낮춘 상태에서 겨울을 나는 것을 말한다. 대다수 인간은 겨울잠을 자지 않으나, 영혼의 빈 틈에 머리를 처박고 겨울잠을 자는 인간이 종종 있다.

176

과 바람에 녹고 쓸리기를 반복하며 결정적인 분위기를 자아냈다.

28개월 후* 우주관람차 12호의 새빨간 일부가 말괄량이의 입술처럼 드러났다. 무겁게 입을 다문 세계에 부여된 생동감이었다. 그것은 일시에 빛을 머금고 길쭉해지더니, 아— 하고 입을 크게 벌렸다. 새로운 도시의 첫 관문이었다.

이름 모를 침묵에 휩싸인 문을 지나 고드름을 늠름하게 매단 뚱보 사내가 잠연히 모습을 드러냈다. 사내는 밖으로 뒤뚱뒤뚱 걸어 나와 몸을 좌우로 움직이며 주변을 살폈다. 발목까지 내려간 바지와 팬티 위

---

 * 2111년 1월 11일에 개봉된 대니 보이 감독의 영화. 화이트 바이러스가 사라진 도시, 살아남은 자들의 트라우마를 다루고 있다. 스스로 사람이길 포기한 이들이 침묵과 잠에 빠져드는 마지막 장면으로 논란이 되었다.
** 미국 메이저 리그의 전설적인 홈런 왕. 1932년 10월 1일 뉴욕 양키즈와 시카고 커브스의 월드시리즈 3차전에서 손가락으로 가리킨 방향으로 공을 날리며 '예고 홈런' 전설을 만들어냈다. 이 전설은 미국 배우 존 굿맨을 주연으로 한 영화로도 만들어졌다.

로 우두커니 얼어붙은 사내의 죽다 만 자지가 베이브 루스**의 배트처럼 예고할 인생의 방향을 찾듯 돌아갔다 돌아왔다.

　세상은 냉정했다. 사내는 딱딱하게 표정을 관리했다. 쉽사리 창백한 발을 떼지 못하고 제자리에 붙박여 있었다. 사물이 된 사람의 습관에 대하여 생각했다. 사내는 수많은 놀이공원의 밤과 수음을 되짚었다. 따뜻한 시절이었다. 사내는 눈을 감았다. 꽝 얼어붙은 눈꺼풀은 내려오지 않았다. 사내는 우주관람차 안으로 다시 걸어 들어갔다. 문을 걸어 잠갔다. 다정하고 반사회적인 시간이었다. 사내는 똑바로 뜬 눈으로 맞은편 얼음 의자에 비친 뚱보를 바라보았다. 아늑한 우주관람차 안에서 뚱보 사내는 언제나처럼 웃음을 터뜨릴 태세였다. 곧 사내는 오래전부터 꿈꿔온 잠에 순종했다. 흰 커튼을 뒤집어쓴 눈보라들은 도시를 유령의 뒤로 속속 몰아갔다.

소설을 써라, 소설을, 소설 마지막 날들에서 블레이크는 푸른 장갑을

마지막 날들로 들어온 블레이크는 이미 온갖 허구에 취해 있었다.[1)]

── 주문하시겠습니까.

소설가의 사이키델릭이 들리자, 블레이크는 의식을 확장했다.[2)] 블레이크는 작고 검었던 유모를 떠올렸다. 곧 바탕체가 수놓인 스크린이 투명해졌다. 눈 내리는 밤은 언제나 유리관 안으로 희고 큰 젖통이 나타났다.

관 뚜껑이 열렸다.[3)] 블레이크는 인공미가 느껴지는 음주인형의 왼쪽 유두를 빨았다. 푸른 장갑이 샘솟았다. 형편없는 화학물질이었지만, 푸른 장갑은 블레이크의 부서진 마음을 어루만졌다.

---

1) "세브린느, 세브린느, 세브린느."
2) "푸른 장갑, 푸른 장갑, 푸른 장갑."
3) "이제 어디에도 작고 검은 젖을 가진 여인은 없네."

소설가는 전지적 작가 시점으로 오늘의 주인공을 관찰했다. 화면은 불안정했다. LSD의 여파였다. 소설가는 음주인형의 유선을 조정했다. 블레이크는 푸른 장갑을 입안에 한가득 머금고 한국산 소파 위로 흘러내렸다. 소설가는 팬픽의 방식으로 음주인형의 입술을 벌렸다.

노래하렴, 착한 소년아.
너는 빛나는 별이 될 거란다.
이 국립 행성에 단 하나뿐인 스타.

음주인형의 목소리가 마지막 날들에 울려 퍼졌다. 블레이크는 몸을 일으켜 세웠다.[4] 소설가는 음주인형의 입을 닫고 블레이크의 반응을 기다렸다. 블레이크는 음주인형의 숨죽은 눈동자를 응시했다. 블레이크

---

4) "너는 세브린느보다 더 세브린느다운 목소리를 가지고 있구나."

는 차츰 모든 이야기의 전형을 획득했다.

　무늬가 사라진 찬장에서/그녀의 푸른 장갑을 발견했네/프랑시스 잼으로 눌러놓은 오래된 소지품이었네/그녀는 가고/푸른 장갑을 끼고 잠이 들면/꿈에 이끼가 번식했네/그리하여 나는 따뜻하고 외롭지 않아/죽음의 순백한 얼굴을 쓰다듬으며/아름답게 끝나는 시를 읊었네/그러나 지금/그 신비의 레이스가 달린 푸른 장갑은 어디로 사라졌나/그해 여름부터/죽은 나를 편안히 잠들게 하던/우리는 푸른 시를 잃어버리고

　블레이크는 딱딱한 총열을 어루만졌다. 음주인형의 오른쪽 유두를 세차게 빨았다. 푸른 장갑이 블레이크의 턱을 타고 바닥으로 떨어졌다. 블레이크는 자신의 바닥을 오랫동안 지켜보았다. 마지막 날들에서만 가능한 일이었다.

—끝내시겠습니까.

　　소설가는 사이키델릭 버튼을 눌렀다. LSD의 자기
장이 안정을 되찾았다. 화면은 평온했다. 블레이크는
기시감을 느끼며 바닥에 속기된 푸른 장갑을 읽었다.
소설가는 다시 한 번 사이키델릭을 작동했다.

　　—끝내시겠습니까.

　　블레이크는 눈 내리는 밤은 언제나 유리관 안으로
넘겨졌다. 뚜껑이 닫혔다. 블레이크는 음주인형의 뺨
을 어루만졌다. 사람이 가질 수 없는 체온을 느꼈다.
블레이크는 종이와 펜을 꺼내 속삭였다.[5]

　　방아쇠가 당겨졌다. 마지막 날들에서 블레이크는

---

5) "세브린느 그리고 세브린느, 나의 모든 것을 그대들에게 바친다. 계
　속 전진하길 세브린느, 세브린느에게 건배. 내가 없다면 더욱 온화
　하고 행복해질 그녀의 인생을 위해. I LOVE YOU, I LOVE YOU!"

푸른 장갑을 완성했다. 소설가는 작은 이야기를 처리하기 위해 엔터를 쳤다. 스페이스 바를 따라 유리관이 천천히 삭제됐다. 소설가는 젖을 물고 죽은 얼굴을 보았다. 인류가 창작한 얼굴이었다. 한 줄기 빛을 끝으로 화면이 종료됐다.

블레이크는 천천히 블레이크를 빠져나와 마지막 날들에서 블레이크는 푸른 장갑을 바라보고는 마지막 날들을 떠났다.

초씨전[1]

옛날, 무읍내라는 곳에 초(初)씨 성을 가진 자가 있었다. 초씨는 사라져 없는 이가 된 사람들의 장례 일을 애써 봐주며 살았다. 초씨의 내력에 대해 속속들이 아는 이 없었다. 소문만 무성했다. 많은 말은 노랫말이 되었다. 사람들은 초씨가 날아가던 박새에 거침없는 일필의 똥을 사사하고 입설정(立雪亭)[2]에 들어 전법(傳法)을 연마하던 때를 돌리고 돌리고 돌리고돌리고돌리고 노래했다. 노래는 꿈을 실현했다.

칠순에 늦둥이를 본 조잘댁 할머님의 태몽은 눈밭을 오입(五入) 자로 휘젓던 초씨의 절굿공이 자지에

---

1) 무읍내에서 즐겨 불려 전해졌다는 초고를 토대로 하였다. 노랫말은 늦둥이 열둘을 둔 무읍내 조잘댁 할머님의 마지막 태몽으로 지어졌다고 하나, 이야기와 노래는 오래전 자취를 감췄다.

2) 무읍내 수림사에 있었다고 전해지는 정자. 눈을 단단히 뭉쳐 쌓아올렸다고 한다. 현재, 정자는 남아 있지 않고 정자의 귀두에 새겨져 있었다는 수행 구절의 일부만이 전해진다. 구절은 다음과 같다. '그날 밤, 하염없이 폭설이 내리고 눈보라가 매섭게 몰아쳤다. 달마는 쏟아지는 눈을 맞으며 날이 새도록 움직일 줄 몰랐다. 아침이 되었다. 달마 스님은 눈 속에 서 있는 달마를 바라보며 아무 말도 하지 않았다.'

서 박대기대기폭포수처럼 쏟아져 나온 흰 잉어들을 희번덕거리며 물어 온 것이었으니, 조잘조잘 꿈보다 해몽 이후 초씨의 고 자지를 보기 위해 마을 남녀노소가 초씨의 눈에 띄는 소변 줄기를 따라 이리 우루루 저리 저루루 몰려다녔다.

각설하고. 어느 날, 무읍내에 네 강의 큰물이 새어 들어 왔다. 쥐 떼가 출몰했다. 메뚜기 비가 내렸다. 초씨는 물의 모양과 넓이와 부피를 살폈다. 죽은 물이었다. 초씨는 행불자들의 푸른 조등에 쥐의 대가리를 갈아 만든 떡밥을 매달았다. 달그락달그락 집을 나섰다. 강의 오목눈으로 무읍내 사람들이 죄다 모여들었다. 달이 엎어졌다. 어둠이 범람했다. 빈집들이 하나둘 잠겼다.

소의 빈 껍데기가 둥둥 뜨고 돼지의 빈 껍데기가 둥둥 뜨고 닭의 빈 껍데기가 둥둥 뜨고 사람의 빈 껍데기가 둥둥 뜬 수면으로 볼 밝힌 조등이 하나둘 내어 걸렸다. 컴컴한 물의 골목이 푸른 불방울들로 반짝였다. 간들간들 바람, 물 위에 축문(祝文)을 썼다. 파문

185

의 테두리를 따라 물 아래 무읍내 온갖 잡것들이 껍질을 벗고 둥글게 모여 앉았다. 하늘서 퇴직하고 야바위 실력이 일취월장한 월척님들도 돈 놓고 돈 먹기를 외치며 초씨의 떡밥 맛을 보기 위해 기어 나왔다.

초씨는 마지막 조등을 떠나보내며 호상(好喪)의 속내를 헤아리며 자지를 꺼내며 일으켰다. 오입을 그렸다. 『傳法』[3] 44장 중 한 곡조를 좌우지장지지지 뽑아냈다.

넉살 좋은 달걀귀신들 고수레 술 받아먹으매 불콰해진 얼굴로 풀밭에 쭈그려 앉아 딴딴한 물줄기를 지린 사내들 실한 물건을 툭툭 건들며 노니매 처녀귀신들 곡주 한 동을 주거니 받거니 나눠 마시매 일렬로 서서 검은 음부를 열고 쏴—아 우주의 귀가 다 새파래지도록 소피를 보는 여인들 하 오랜만에 입맛이 돈 강의 정령님들 쩝쩝 지느러미를 움직여 조등의 길을

---

3) 옛 수림사 행자들이 눈이 무릎까지 쌓이길 기다리며 불렀다는 노래의 노랫말들을 모아놓은 가사집. 인간의 생사가 꿈처럼 묘사되어 있었다고 한다. 묶어놓은 책은 물에 녹아 풀어졌다고 전해진다.

내매 여기 무읍내 죽은 물이 들어 물아랫달과 물윗달이 생기매 밤이 둘이 되매 사라지는 사람과 짐승 들 있어 모두 돌려보내매.

초씨의 소리가 물속으로 녹아들었다. 대기대기박대기대기 흰 눈이 흘러내렸다. 물 아래 입 벌린 것들이 초씨의 자지를 보기 위해 일제히 고개를 빳빳이 치켜세웠다. 그때야 삼신 자매님들도 졸린 눈을 비비고 다당동당동 점지 장부를 새로이 정리하였다.

훗날, 물아랫달을 보며 무읍내 사람들 아가미 여닫기를, 그때가 명박한 쥐의 대가리가 끊긴 날이요, 삼신 자매님들이 첫 밤샘 수당으로 물윗달 토끼표 인절미 한 상자씩을 받은 날로, 이백 년 묵은 조잘댁 할머님이 남편도 없이 남편을 지지리도 빼닮은 아를 밴 날이었으니, 무읍내 고자(孛) 초씨가 사라져 없는 이가 된 옛날이었다.

저택

타이오

어느 날
사라진
그곳을 지나게 되었다.♪

사라진 시절
우리는 웅장한 소년들이었다.

우리는 죽은 자들을 찾아다니며
시간이 깨진 돌계단에서
입을 맞추곤 했다.

어린 유령들은 모두 어디로 갔을까.

♪ 나는 저택을 증언할 수 없다. 그 무렵 귀가 먹기 시작한 것이다. 그 무렵 빈집을 놀이터로 삼던 소년 둘의 시절은 끝났다. 그 무렵 많은 개들이 맞아 죽었다. 그 무렵 들리던 귀에 의하면 개 같은 시절이 시작됐다고 했다. 그 무렵 나는 예배당에 숨어, 식물에 휩싸여 함께 잠이 들던 소년 둘을 생각하곤 했다. 소년 둘은 내 꼬리에 붉은 리본을 묶어주며 평화롭게 웃곤 했다.

녹슨 스핑크스가 갈라지던
철문이 있던 곳에서 걸음을 멈췄다.

가문의 문장을 버리지 못한 집사처럼
쓸쓸히 정원을 거니는
큰 개 한 마리를 보았다.

그르니에였다.

그르니에는
나를 알아보지 못했다.

그렇다면 그리니에는 그르니에가 아닐지도 몰라.

소나기가
낮은 언덕의 비탈길을 따라
그리니에가 올라갔다.

신비롭게 비는
잠 시
영혼을 약속하던
정원을 복원시켜주었다.

햇볕은 우정의 공동체를 이룬다.
식물들은 손가락을 걸고 푸르러진다.
저택은 그늘 회랑으로 둘러싸인다.
우리는 푸른 뼈를 오므리고 잠든다.

잠시
비를 피한 신기루가 사라졌다.
비가 그쳤다.

그르니에는 어디로 간 걸까.

이곳

작고 검은 돌멩이들이 쌓여 있던

깨진 유리창들의 이면에서

우리는 소원의 탑을 이룩했다.

피를 쌓았다.

핏빛의 돌들이 무너졌다.

이것은 인류가 가진 사랑의 역사.

시간은 시간을 두고

모든 것을 허문다.

먼 공동묘지에서

십자가의 그림자를 입에 문

그르니에가 이곳을 내려다보았다.🌙

🌙 나는 소년에 주목할 수 없다. 그 무렵 눈이 멀기 시작한 것이다. 그
무렵 저택을 수호하던 소원의 탑들이 무너졌다. 그 무렵 많은 개들

그르니에,
옛사람을 발견이라도 한 듯
섬섬 짖었다.

나는
퇴화한 성대에 달라붙은 울음을 못 본 체하며
정부를 위한
저택의 뒷문을 지나왔다.

철모에 뚫린 소총 구멍처럼
시간이 드넓어졌다.

살아서 나는

이 잡아먹혔다. 그 무렵 보이던 눈에 의하면 개만도 못한 시절이
그려지기 시작했다. 그 무렵 나는 묘지에 숨어, 물불에 둘러싸여
영혼을 죽이던 소년을 생각하곤 했다. 소년은 내 꼬리의 붉은 리본
을 손가락질하며 컹컹 울곤 했다.

이곳에 다시 오지 못하였다.

그렇다면,
내가 죽어서라면.

전쟁과 평화의 무렵
벌써부터 우리는
한목소리로
아무도 사라지지 않는 저택에서
나를 죽은 자라 부르곤 하였다.♪

♪ 섬섬. 나는 목소리를 벗어날 수 없다. 그 무렵 목소리들이 발생하기 시작한 것이다. 그 무렵 한 소년의 돌들이 쌓였다. 그 무렵 많은 개들이 유랑을 시작했다. 그 무렵 내뱉어진 목소리에 의하면 개의치 않는 시절이 시작도 끝도 없이. 그 무렵 나는 검은 회랑을 거닐며 꿈에 휩쓸려 한 소년과 영혼을 약속하던 한 소년을 들었다. 한 소년은 내 꼬리에 붉은 리본을 묶어주며 목소리들을 돌려쓰곤 했다.

수전 보어맨Susan Boreman의 은퇴 파티

죽어가는 파티였다. 수전은 여러 대의 은빛 고요를
세웠다. 소리가 밝아졌다. 수전은 성냥을 천천히 흔
들었다. 옛날에 대하여 음악을 맡았던 미첼은 기억을
부르기 위해 롱기타를 연주했다. 수전은 처음으로 풀
죽은, 론 우드의 뒤를 따르는 붉은 머리 치치를 바라
보았다. 오늘의 미첼은 옛날 미첼의 목소리로 노래를
시작했다. 빛이 커졌다. 이 밤, 잠들지 못한 가짜 사
람들을 나는 알아요. 주노 템플, 웨스 벤틀리, 행크
아자리아, 바비 캐너베일, 애덤 브로디, 로버트 패트
릭, 제임스 프랑코, 에릭 로버츠, 로미오 브라운, 수
전 보어맨보다 사람 같은 린다, 린다, 린다. 흘러내
린[1]에서 예외 없이 취한 방문자 역을 맡은 에릭 로버
츠가 약물의 힘을 빌린 얼굴을 린다에게로 돌렸다.

---

1) 90여 분의 러닝타임 동안, 한 사람을 둘러싼 여러 사람이, 한 사람
을 둘러싼 여러 사람이, 한 사람을 둘러싼 여러 사람이, 한 사람을
둘러싼 여러 사람이 차례대로 등장하여 한 사람의 검은 고독에 흰
고독들을 듬뿍 안겨주는 내용의 영화. 하얗게 흘러내린 액으로 검은
화면이 얼룩질 때 지금까지 등장했던 인물들의 투명한 얼굴들이 등
장하여 흔들리며 표정을 섞는 마지막 환영 신이 갱뱅스럽다.

실리콘이 함유된 공산품 입술을 우스꽝스럽게 벌렸다.

— 봐. 줄리아의 백만 불짜리 웃음이야.

바비 캐너베일이 위로했다.

— 괜찮아요. 당신은 이십 달러짜리 인생이니까.

로버트 패트릭이 머니클립을 열었다.

— 입술을 벌릴 시간이군.

웨스 벤틀리가 외쳤다.

— 전설적인 목구멍을 두고 우리 모두 내기합시다.

애덤 브로디가 대사를 읊었다.

— 러브, 세게 세게 더 세게.

행크 아자리아가 개회사를 선언했다.

— 자, 이 물건은 마지막을 위해 가져온 거예요.

리드미컬한 박수가 터져 나왔다.

— 미첼, 옛날에 대하여가 더 필요해요.

주노 템플이 나직하게 부탁했다. 당신을 위해 준비된 마지막 파티예요. 우리에게 당신의 빛을 보여주세요. 수전, 당신은 우리를 한 방에 보내버릴 거예요. 당신만이 가진 힘으로. 신이 당신에게만 부여한 사랑을 믿어봐요. 수전은 다정한 알몸들의 환호를, 잠시 멈췄다.

수전은 옛날에 대하여에 쓰인 딜도를 들고 왔다. 17분, 22분, 27분…… 다시 가짜 사람들의 거짓 없는 환호성이 애액을 발산했다. 수전은 입을 열었다. 목구멍 깊숙이에서 수전을 이루던 침묵들이 호흡기를 순환했다. 들고 나는 침묵이 밤을 이루는 성분으로 첨가되었다. 수전은 17분 딜도를 들었다. 내기의 시작으로 어울리는 시시한 시작이었다. 수전이 차례대로 딜도를 넣을 때마다 미첼은 롱기타의 현을 뜯고 묶으며 길고 아름답고 짧고 지루한 떨림음들을 구현했다. 수전은 5센티미터씩 옛날에 대하여 생각했다. 뒤늦은 일이었다.

그러나 인생은 언제나 뒤늦은 일이에요. 오늘날 미첼의 목소리가 과거형 눈동자에 맺혔다. 수전은 마침내 행크의 그것 앞에 당도했다. 그녀는 두 손을 들었다. 행크, 이건 삼킬 수가 없어요. 수전은 수전에게 실망했다. 당신만이 이걸 삼킬 수 있어요. 당신이 아니라면 대체 누가 이걸 삼킨단 말입니까. 수전, 수전, 수전, 수전은 수전을 연호했다. 오늘은 당신의 은퇴 파티잖아요. 은퇴 파티란 게 뭔지 보여줄 때가 온 거라고요. 당신을 기다리고 있어요. 수전은 옛날에 대하여 미첼의 마지막 노래를 흥얼거렸다. 늦지 말아요, 우리도 이제 잠들어야 할 것 같아요. 수전을 에워싼 사람들이 잠든 듯이 죽음에 들기 시작했다. 그 시각, 지구는 정전 중이었다.

수전은 행크 아자리아의 그것을 일렀다. 러브레이스. 고요 위에 세워진 불들이 흔들리며 꺼졌다. 미첼을 위한 수전의 노래가 오늘에 와서 끝났다. 수전이 그것을 끝까지 삼켰다. 모든 불이 와해됐다. 산산한 새벽이었다. 총성은 침묵을 관통하며 직선으로 날아갔다. 창문이 깨졌다. 명중이었다. 밤을 이룬 침묵의 함유량이 떨어졌다. 자동응답기가 돌아갔다. 수전, 당신의 마지막 남자가 된 것에 대해 나는 진심으로 영광스럽게 생각하고 있어요. 죽여주는 은퇴 파티가 될 거예요. 오늘도 예측 가능한 세계에[2] 취한 로미오

브라운이었다. 수전은 러브레이스를 탁자 위에 내려
놓았다. 수전은 변색된 모조 진주가 달린 홈드레스를
줄줄 끌며 침실로 붕 떠갔다. 린다가 네 발로 수전의
옷자락을 간신히 밟으며 총총총 그녀의 뒤를 따랐다.
수전은 침실로 오르는 오랜 시간 동안 수전을 연호하
는 얼굴 없는 얼굴들을 둘러보았다. 수전은 딜도를
흔들며 기름때 묻은 대사를 외웠다. 더 강한 걸로 넣
어주세요. 수전은 침실 문을 열었다. 론 우드와 치치
가 자신의 침대 위에서 세상모르게 잠들어 있었다.
수전은 치치의 뒤로 다가가 그녀의 쭈글쭈글한 등과
움푹 팬 엉덩이에 자신의 해골을 밀착시켰다. 치치를
껴안았다. 론 우드가 눈을 뜨고 수전의 눈을 바라보
았다. 치치가 눈을 뜨고 론 우드의 눈을 바라보았다.
수전이 눈을 감으며 론 우드의 눈을 바라보았다. 어

---

2) 무색 · 무미 · 무취한 백색 분말. 내성이나 심리적 의존 현상은 있지만
신체적 금단현상은 일으키지 않는다. 분말의 주요 효능으로는 몽타
주montage, 오버랩overlap, 점프컷jump cut, 플래시백flashback,
롱 테이크long take 등이 있다.

딘가에서 잠든 제임스 프랑코가 스리섬[3]에서 처음으로 죽은 갱처럼 수전을 외쳤다. 수전! 수전! 수전! 어디로 사라진 거예요. 오늘은 로스앤젤레스 엔젤의 은퇴 파티라고요. 맙소사, 이렇게 잠들 순 없어요. 검게 타다 남은 심지가 짧은 밤이었다. 파티는 끝났다. 린다는 침실 문을 조심조심 밀어 닫았다.

---

3) 스리섬으로 여행을 온 재연 배우들의 여정을 다룬 영화. 한 사람이 두 사람으로, 한 사람이 두 사람으로, 한 사람이 두 사람으로 결합하는 일을 주요 내용으로 하고 있다. 두 사람이 된 한 사람들이 다함께 모여 앉아 서로의 사라짐을 지켜봐주는 마지막 작별 컷들이 그룹을 이룬다.

고요하고 거룩한 밤 천사들은 무엇을 할까; 친애하는 창백한 푸른 눈동자 씨에게 유감스럽게도 창백한 푸른 눈동자 씨의 원고는 저희 극단 벨벳언더그라운드의 성향과 어울리지 않는 전체가 많아 다음과 같이 원고의 일부를 되돌려 보내는 바입니다 루 리드 씨가 분실한 나머지 원고는 찾는 대로 보내도록 하겠습니다(막을 올린다 무대는 텅 비어 있다)[1]

☾

검은 알몸 마이클 딱딱하고 굵은 채찍을 들고 응접실 한가운데 발기되어 있다 떡갈나무 괘종이 울리자 마이클 돌아서서 2층으로 향한다 계단은 없고 목이 없는 유령들의 숨소리는 광선을 따라 끄덕끄덕 흘러나온다 마이클 뒤로 뒤로 뒷걸음질 치며 유령들의 숨을 들이마시고 내뱉으며 흐려졌다 선명해지기를 반복

---

1) 벨벳의 언더그라운드에 도착한 모피 입은 비너스는 연극 「창백한 푸른 눈동자」의 개막극 「Pale Blue Eyes」를 쓰기 위해 사라져 있는 중이다.

한다.

☾

　좁고 긴 복도식 암흑을 지나온 마이클 부서진 숲의 문 앞에 선다 마이클 가변형 눈을 참을 수 없이 비비며 엄연히 존재한다 숲 속 가브리엘 크레파스 식물들이 우거진 벽지 곁에 개같이 엎드려 홀딱 벗겨진 고개를 딱딱하게 쳐든 채 창문 밖을 바라본 채 마이클 숨죽인 채 숲으로 들어간다 들어가며 마이클의 심장은 어둠, 가브리엘, 유리창을 차례대로 꿰뚫어 본다.

☾

　겨울부리하얀새 눈을 물고 온다 가짜이며 진짜인 눈발이 날린다 눈이 날리면 새벽 세 시 삼십 분처럼 작고 얇은 손바닥으로 유리창을 두드리던 포레스트는 어디에도 없다 마이클 앞으로 앞으로 앞장서며 채찍

을 어루만지며 가브리엘의 무너진 등을 감싼 죽은 빛
으로 눈빛을 옮긴다.

떠날 때가 되었군

마이클 다 들리게 생각한다 마지막이 될 것이다 마
이클 다 들릴 듯이 생각한다.

포레스트

마이클 읊조리고 생각한다 마이클, 생각한다 채찍
으로 가브리엘의 엉덩이를 갈긴다 가브리엘의 볼기짝
으로부터 거무죽죽한 자국이 생생하게 피어오른다 가
브리엘 으르렁거리며 몸을 돌린다 가브리엘 악물고
있던 목줄을 떨어뜨린다 마이클 서너 번 더 따뜻한
채찍을 휘두른다 마이클 자신의 입으로, 말하며 생각
한다.

멍멍, 가브리엘은 멍멍 짖는다
멍멍, 마이클은 멍멍 짖는다
멍멍, 포레스트는 멍멍 짖는다

사이좋게 짖는다 마이클 들고 있던 채찍을 놓는다
채찍은 허공에 그대로 떠 있다 허리를 꼿꼿하게 세운
한 마리 검은 줄기처럼 마이클 주저앉아 무릎을 꿇는
다 가브리엘 장티푸스처럼 몸을 구부린다 마이클 가
브리엘의 핏물을 쓰다듬는다 가브리엘 마이클의 무릎
을 쓰다듬는다 사라져 빛으로 있는 포레스트 마이클
가브리엘을 내려다보며 맴돌며 입술을 쓰다듬으며 점
점 더 떠오른다.

☾

침침한 밤이고 천사들은 대화 중에 생각한다

고깃덩어리들 같군

인간은 고깃덩어리야
죽음의 촉감이란 이런 것일까
지난밤 인간들은 무엇을 할까.

☾

　포레스트가 죽은 숲으로 보일 듯이 보이지 않는 쾌
청한 종소리 떼가 흰 날개를 펼치고 몰려온다 어슴푸
레한 빛다발 속에서 마이클 자신의 가랑이 사이로,
가브리엘 자신의 가랑이 사이로, 가브리엘의 머리를,
마이클의 머리를, 밀어 넣으며, 마이클, 가브리엘 말
한다.

　메리 크리스마스, 붓다

　마이클 가브리엘 서로의 창백한 푸른 밤을 오래도
록 바라본다 포레스트 이제 나타나 은빛 눈송이들을
신비롭게 응시하며 희미한 손가락으로 유리창을 틱톡

틱톡 두드린다.[2]

---

2) (무대는 여전히 텅 비어 있고 막은 내려오며) 그 사건이 일어나고 얼마 되지 않아서 그들이 감쪽같이 사라졌을 때, 어떤 이는 그들이 검정 미니미니에 잘린 날개를 신고 떠나갔다고 했다. 어떤 이는 그들이 다 자란 날개를 펼치고 하늘로 올라가는 걸 보았다고 했다. 하지만 대부분의 사람들은 "그들이 천사였다는 걸 믿으라는 겁니까" 애초부터 모든 게 다, 거짓말이라고 했다. 그리고 나는 오늘 사라지며, 벨벳 언더그라운드를 들으며 「Pale Blue Eyes」를 쓰며, 궁금해지는 것이다 과연, 그곳, 고요하고 거룩한 밤에서, 천사들은 무엇을 할까.

슬픈 음부[1]

밤이 사라졌다. 어둠이 계속되었다. 마침내 진수는 첫 먹잇감으로 에마뉘엘 부인을 택했다. 그녀는 곧 죽을 나이다. 그녀는 홀로 산다. 그녀는 곧 죽을 나이에 홀로 살면서 누구와도 만나지 않는 늙은이다. 생각 끝에, 진수는 그녀를 볼 때마다 자신이 느끼던 부끄러운 감정을 죽여버리고 싶었다.

에마뉘엘 부인의 몸은 오랫동안 혼자 살아온 여인답게 검소했다. 구운 목에는 뜯어 먹을 만한 살이랄 게 별로 없었고, 두툼하게 썰어 낸 팔뚝 살은 본차이나 접시 하나를 채우지 못했다. 먹어볼 게 좀 있겠지 싶었던 허벅다리에서는 시금털털한 군내가 풍겼다. 코를 막지 않고는 못 먹을 지경이었다. 다행히 그녀가 유방 안쪽에 잘 키워둔 암흑 덩어리가 보통의 저

---

[1] 18세기 후반 프랑스 문단에 등장했다가 이내 자취를 감춰버린 여성 작가 마농의 수제 그림책 제목. 한 권밖에 존재하지 않았던 그녀의 이 수제 그림책은 애인이었던 에마뉘엘에 의해 불태워졌으나, 소실 과정 중에 운 좋게 남은 단 한 장의 불탄 음부 그림이 현재 마농의 샘에 보관되어 있다.

녁 식사를 떠올리게 해주었다.

진수는 피범벅이 된 티셔츠를 벗고 성능이 좋지 않은 야간 투시경을 관찰 구멍에 가져다 댔다. 검은 형체가 검은 형체를 질질 끌고 가는 검은 형체들이 밤의 부분부분을 이루고 있었다. 각자의 이유대로 식인이 시작되었다. 살아남기 위한 야생의 밤이 밝았다. 진수는 느릿느릿 지하의 지하 밀실²⁾로 향했다.

장은 적의를 숨기지 않은 눈빛으로 진수를 쏘아봤다. 진수는 아무 말 없이 장 앞에 먹이가 담긴 접시를 내려놓았다. 장은 먹이의 냄새를 맡자 몸을 괴롭게 뒤틀었다. 짐승만도 못한, 혐오로 가득 찬 장의 식욕은 며칠 새 더욱 흉포해져 있었다.

---

2) "마을에 다시 평온이 찾아오자 에마뉘엘은 자신의 몸 어딘가에 죽음을 대비하기 위한 밀실을 만들기 시작했어요. 지하의, 지하의 그 밀실을 사람들은 샘이라고 불렀죠." ── 마농의 소설, 「버자이너」 전문

진수는 매트리스에 몸을 뉘며 벽을 향해 돌아누웠다. 어차피 누가 먹든 먹었을 것이다.[3] 진수는 깨나른한 포만감과 피로를 동시에 느끼며 눈을 감았다. 빛이 펄럭이는 창문이 보였다. 빛의 주름 사이로 누군가가 자신들을 조용히 내려다보고 있었다. 바람에 빛이 날리자 에마뉘엘 부인이었다. 벌거벗은 그녀가 거기에 서 있었다. 장의 가랑이 아래에서 수갑을 차고 멍멍 짖고 있는 자신의 차가운 알몸을 바라보는 새하얀 음부가.

터져 나왔다. 진수는 기침을 하며 명치끝에 걸린 암흑 덩어리를 매만졌다. 부끄러움은 사라지지 않았다. 그것은 처음부터 사라져버릴 것이 아니었다. 우리는 인간이었다. 진수는 숨을 참았다. 에마뉘엘 부인의 손가락을 빨고 뜯는 장의 낮은 울음소리가 밤을

---

3) 애인이었던 마농을 토막 내어 튀겨 먹은 에마뉘엘이 자신의 식인을 변호하며 버지니아 법정에서 한 말. 이후 인육을 먹는 자들 사이에서 두고두고 회자되는 말이 되었다.

어슬렁거렸다.

밤의 정비공[1]

햇살이 궤도 밖으로 사라진 그리니치 지방도로의 자동 판매식 식당. 때 묻은 정비복 차림을 한 레이먼드의 주홍빛 얼굴에는 한밤의 깊은 내면이 드리워져 있었다. 테이블 위에 놓인 레이먼드의 공구함은 그 밤의 고독감을 정물화했다.

레이먼드는 엉클스버거의 은박 포장지를 벗겨내고 햄버거를 한 입 베어 물었다. 케이디 랭[2]을 닮은 가죽 팬츠의 사내가 레이먼드를 훑으며 식당을 나섰다. 레이먼드는 고개를 돌려 창밖을 내다봤다. 달빛에게 포착된 사내의 뒷모습은 가늘고 천진했다. 사내는 돌아서서 슬픔을 입에 물었다. 연기를 내뿜는 사내에게로 한 사내가 다가왔다. 레이먼드는 낡은 리바이스 청바지에 다 떨어진 공구 벨트를 찬 사내가 모닝선 로드

---

1) "제 밤의 사람들 연작은 그의 자장 안에서 벗어날 수 없습니다. 제가 어린 시절 대부분을 보냈던 그 시간, 그 버려진 기계 인간들의 소행성에서 그의 복제품 그림은 언제 어디서나 누구든 맘을 먹지 않아도 쉽게 볼 수 있는 '이발소 그림'이었기 때문입니다." 아트 무가지 『꼴랏슈』의 「작가와의 대담 I」 참조.
2) 캐나다 태생의 컨트리 싱어송라이터 — 옮긴이 주.

에 사는 배관공 험프리임을 한눈에 알아봤다.

험프리와 그의 아내 버지니아는 자주 헐거워지는 머리와 심장의 부품을 정비하기 위해 레이먼드를 정기적으로 부르곤 했다. 늘 자정이었고, 버지니아는 레이먼드에게 심장을 맡길 때마다 블루베리파이를 내왔다. 그녀의 손가락들은 죽은 새의 부리처럼 컴컴한 보랏빛으로 물들어 있었다.

햄버거에서 빠져나온 젖은 양상추 조각이 레이먼드의 허벅지 위로 떨어졌다. 레이먼드는 퍽퍽한 쇠고기 패티를 씹으며 사내들의 차갑고 시큼한 그림자를 응시했다. 두 그림자는 밤의 항해를 돕는 유령 선원들처럼 피에르 앤 쥘[3] 옥외 광고가 설치된 공중화장실로 미끄러져 갔다.

---

3) 사진과 회화를 결합시키며 공동 작업을 하는 두 명의 미술가. 바다 위에 떠 있는 배, 선원, 영화배우, 이국적인 풍물, 우주 그리고 에로티시즘과 게이 문화, 사랑과 죽음 등을 키치적으로 혼합하는 가운데 환상과 현실의 경계를 넘나들며 인공의 공간에 대한 판타지를 드러낸다 —— 옮긴이 주.

멀리, 고장 난 기계인간들의 묘지에서 홀로그램들이 솟아올랐다. 빛과 어둠이 날아간 에드워드 호퍼[4]의 그림들이 영사됐다.[5] 말이 필요 없는 자정이었다. 레이먼드는 밤의 제3부분을 이루는 식당을 나섰다. 죽어버린 기계들을 지나 구형 가솔린 트럭에 올랐다. 시동을 걸었다. 트럭의 방향지시등이 묘지로 뻗어 있는 도로를 향해 깜박거리다 곧 꺼졌다.

---

4) 미국의 미술가. 작품으로 「Automat」 「Gas」 「Nighthawks」 「Morning Sun」 등이 있다 — 옮긴이 주.

5) ""나는 그리니치가의 모퉁이에 있는 음식점에서 이 작품에 대한 실마리를 얻었다. 그곳에서 나는 무의식적으로 대도시의 고독을 보았다"라고 에드워드 호퍼는 말했습니다. 그리고 나는 "그의 그림들을 볼 때마다 무의식적으로 버려진 기계인간들의 밤이 떠올랐다." 라고 말해야겠습니다." 아트 무가지 『꼴랏슈』의 「작가와의 대담 II」 참조.

몽고메리 클리프트#

　그는 정지된 흑백에 떠 있었다. 그의 발가벗은 마음
의 여러 부위가 불어터진 몽고반점으로 어둑어둑했다.

　몽고메리는 벵갈라 모자를 눌러쓰며 석양의 끝자락
을 이탈했다. 물과 안개를 삼키며 숲을 가로지르던
흑백 앞에 섰다. 눈동자를 조정했다. 인간이 떠 있었
다. 신비로운 살갗으로 여전히 명암을 저만치 물러서
게 하는 분명한 인간. 몽고메리는 구형 뉴제너레이션
안테나를 세우고, 사라질 위기에 처한 큰얼굴바위에
앉아 몸을 구부렸다. 왼손을 폈다. 손금을 깨끗이 지
웠다. 오른손 검지의 셀룰레나믹 손톱을 길게 뽑았
다. 편지를 쓰기 시작했다. 몽고메리는 그제야말로
둘도 없는 기계처럼 보였다. 귀뚜라미 비행접시들이
보랏빛 이온가스로 저녁 하늘을 삼 분의 일씩 물들이

다음은 잘 알려지지 않은 SF단편집『일곱 대의 기계로 이루어진 이
　야기』중에서 더 잘 알려지지 않은「몽고메리 클리프트」에 등장하는
　몽고메리 클리프트를 애써 감추기 위해 쓰였다. 그러므로 이 마음은
　10초 후에 당신의 마음속에서 자동 폭파될 것이다.

며 날아왔다.

허드슨 씨에게

끝없이 두 갈래로 갈라진 석양의 끝자락에서 드디어 인간을 찾았습니다. 그러나 살아 있는 인간은 아닙니다. 어쩌면 지구에는 더 이상 살아남은 자가 없는 건지도 모릅니다. 당신은 인간의 빛을 기억하고 계십니까. 수명이 다 된 흑백 속에서도 죽은 이는 빛나고 아름답습니다. 인간이 품은 사랑이란 게 저런 것입니까.

몽고메리의 입술 새로 하얀, 몽고메리는 입을 벌렸다. 하얗고, 손톱을 밀어 넣었다. 하얗게, 손바닥을 접었다 폈다. 물안개와 함께 운명선이 돌아왔다. 전송이 성공적으로 완료됐는지 알 수 없는 노릇이었다. 몽고메리는 가죽 가방을 열었다. 가슴을 열었다. 심장을 열었다. 폐건전지 하나를 폐건전지로 교체했다.

몽고메리는 폐건전지의 코를 납작하게 만들었다. 반딧불이의 빛이 생겨났다. 인체인지심공학적으로 만들어낸 자연 중에서 그나마 봐줄 만한 건 이 작은 불빛들뿐이로군. 몽고메리는 파닥파닥 흔들리는 노래를 오래도록 지켜봤다. 인간을 떠나보내던 허드슨 씨의 온순한 눈동자가 떠올랐다. 몽고메리는 몸을 취침 형식으로 전환했다. 마지막 인간 감정 캡슐을 삼켰다. 한 철학자의 시집을 꺼내 들었다. 펼친 페이지 같은 밤이 생성됐다.

겨울밤이 내린 사랑
속에 묻혀 언젠가
우리는 사랑의 문명을 거꾸로 되돌아보게 되리
가까이서 멀리서
붙어서 떨어져서
둘이서 혼자서
비스듬히 똑바로
우리가 부러뜨렸던

삶의 신비가 응결된 그 장소가 깨끗이 녹아내렸을
때 비로소
그러니 지금

두 팔을 벌려 나를 안아다오. 몽고메리는 속삭였다.
잠들기로 했다. 몽고메리는 뜬눈이었다. 흑백의 수면
이 인간의 마음을 빠져나간 몽고반점으로 뒤덮였다.
몽고메리는 책장을 넘기며 잠이 들거나 들지 않았다.
몽고메리 자신조차도 몰랐다. 빰을 맞댄 두 인간의 움
직이는 사진이 만남의 광장 복판에 끼워져 있었다. 그
들은 빰을 떼고 손을 잡았다. 그들은 손을 놓고 입술
을 깨물었다. 그들은 입술을 떨어뜨리며 돌아섰다.
그들은 돌아서서 걸어갔다. 사진이 멈췄다. 그들은
끝없이 서로를 등졌다.
몽고메리는 책을 접었다. 허드슨 씨 인간이 가진
슬픔이란 이런 것입니까. 몽고메리의 머리 위로 흐릿
한 홀로그램♪이 떴다. 한 치의 오차도 없이 열두 번
의 늑대 울음이 울려 퍼졌다. 몽고메리의 눈이 철커
덕 철커덕 감겼다. 그제야 눈 감은 몽고메리는 몽고

216

메리 클리프트를 찾아 떠도는 자신이 죽어가는 기계 인간임을, 느낄 수 있게 되었다. 몽고메리의 몸이 차가워졌다. 저 먼 겨울밤이 내린 러브호텔의 잔해 위로 포옹한 두 구의 인간이 폭삭 녹아내렸다.#

<hr />

10, 9, 8, 7, 6, 5, 4, 3, 2, 1.
몽고메리 클리프트는 이제야 정말 당신의 어디에도 있습니다.

지구[1]

푸른 눈은 끝내 볼이 좁은 수도원[2] 앞마당에 멈춰
섰다. 마지막 잉크병이 함락되며 암흑으로 물든 성은
다 돌아간 카세트테이프[3]처럼 고요했다. 푸른 눈은
새끼발가락부터 힘껏 전류를 끌어올렸다. 침몰 직전
의 긴그린기린처럼 속눈썹이 푹푹 내려왔다 올라갔
다. 눈빛이 다시 한 번 빛났다. 푸른 눈은 암암리에
360도를 회전했다. 어디를 비춰도 화면 조정 커튼이

---

1) 태양계의 행성 중 하나로 인류가 살았다. 고독으로부터 세번째 궤도
를 돌았으며, 달을 위성으로 가지고 있었다. 행성을 둘러싼 얇고 투
명한 자기가 고독에 가까워지면서부터 새까맣게 구멍이 나기 시작
했다.

2) 수사나 수녀가 일정한 규율 아래 공동생활을 하면서 수행했던 곳으
로, 결국에는 유효기간이 얼마 남지 않은 복제인간들과 사이보그들
이 일정한 침묵 아래 공동생활을 하면서 죽음을 기다리던 곳이 되었
다. 남은 유효기간에 따라 선출된 수도원장의 지도로 매일 미사와
성무시도를 행했다. 철학과 수학으로 미를 배웠으며 노동으로 시를
지었다. 수도원 내에 도서관, 극장, 병실 그리고 묘지까지 갖추어
일체의 것을 자급자족하게 되어 있었다.

3) "감정을 기록할 수 있는 감정테이프를 장치한 작은 유리갑. xx63년
네덜란드 필립사가 개발하여 오랫동안 사용되었으나, 감정의 쓸모
가 불필요해짐에 따라서 오토리버스 되지 못하고 자취를 감췄다."
『사라진 사물 기록 보관소』참조.

내려진 맨홀들뿐이었다. 위태롭게 연결되어 있던 푸른 눈의 실핏줄들이 불꽃을 떨어뜨리며 하나둘 끊겼다. 그때마다 성 전체가 깜박거렸다. 우두커니 빛이 사라지기 시작하는 잿더미 속에서 푸른 눈은 비로소 자신이 이곳에 남은 마지막 시시한 가로등[4] 로봇임을 인정했다. 푸른 눈은 앤솔러지 피복이 은유적으로 벗겨진, 성에서 가장 얇고 긴 외다리를 자동기술로 해체했다. 별자리 경전이 새겨진 수도원 마당 위로 분리된 다리들이 대구를 이루며 제단처럼 쌓였다. 덩그렇게 솟은 푸른 눈은 우주거미의 거미줄을 향해 노래를 읊으며 최후의 눈빛을 밝혔다. 검은 연기와 함께 푸른 눈이 침침하게 종료됐다. 흑백 눈물이 활활 흩날렸다. 수억 개의 속눈썹 홀로그램들이 하늘 위로

---

4) xx68년 다기능 가로등 로봇 제작이 이루어지기 전까지 가로 교통의 안전과 보안을 위하여 가로를 따라 설치된 조명 시설. 설치 장소에 따라 다양한 가로등이 사용되었다. 전주의 끝 부분을 구부려서 그 끝에 등을 다는 예술가형, 전주의 끝 부분에서 가로로 가지를 뻗게 하여 거기에 등을 다는 수학자형, 전주의 머리에 등을 다는 철학자형 등의 전주 양식이 있었다.

시시각각 떠올랐다.

    우주거미는 거미줄에 붙은 속눈썹들을 똥구멍에 가
득 싣고 사라진 행성 기록 보관소를 향해 여덟 개의
로켓 다리를 틀었다. 잿빛 거미줄이 걷히자 트렌실흰
나비배추벌레[5] 떼가 몰려와 소등된 행성을 야금야금
갉아 먹기 시작했다.

---

5) 베니아배추흰나비의 유충. 몸은 연두색을 띠며 잔털이 몸 표면에 빽
   빽이 돋아 있다. 베니아배추흰나비는 은하성력으로 한 이에로에 한
   번 초속 1센티미터 정도의 노르스름한 알을 낳는데, 이 알이 연두색
   으로 바뀌면서 애벌레로 변한다. 다 자란 유충은 시든 행성을 갉아
   먹고 입에서 트렌실을 뽑아내 몸을 묶은 뒤 번데기가 된다.

본격 퀴어 SF-메타픽션 극장
──『글로리홀』에 붙이는 핸드가이드북

박 상 수

1. 어서 와요, 이런 시집 처음이죠?

지금 당신의 표정이 궁금하다. 당신은 좀 답답하거나 많이 혼란스러울지 모른다. 물론 시종일관 감탄과 함께했을 수도 있다. 시집을 읽은 당신은 아마도 이런 생각을 하고 있지 않을까. 시편마다 담겨 있는 정보량이 상당하다. 인물과 사건과 감정은 있는데 기원을 알기 어렵다. 거의 모든 시에 참조된 서브텍스트가 존재한다. 그것 또한 반쯤 암시되거나 상당 부분 감추어져 있다. 시 본문과 서브텍스트를 연동시켜 파악하려면 시 한 편을 읽는 데에 한 시간은 훌쩍 지나갈 정도. 뿐만 아니다. 뫼비우스의 띠 같은 자기반영의 거울 놀이. 독해를 지연하는 동시에 무한히 확장시키면서 쉴 새 없이 등장하는 각주까지. 대체 어떻게 읽어야 할까…… 궁금증을 못 이겨 서둘러 해설을 먼저 펼친 사람도 분명 있을 것이다.

고개를 끄덕이는 당신에게 조금 더 묻자. 이 책은 시집일까, 소설집일까? SF일까, 포르노그래피일까, 남자들 간의 사랑을 다루는 하드코어 야오이물, 혹은 팬픽일까? 그것도 아니라면 1950~60년대 영미권 대중문화와 하위문화에 대한 애정 어린 문화사적 보고서일까, 혹은 특별히 이 시기 미국의 비트와 히피 세대 작가들에게 바치는 오마주일까? 어쩌면 부패한 이 세상과 정치권력에 대한 풍자적 알레고리이거나 진정한 자아를 찾아 떠나는 로드무비 형식의 청춘 성장 드라마는 아닐까? 번역 시집 같은 문체와 감수성, 그리고 페이지를 넘길 때마다 등장하는 새로운 인물 설정들, 묵시록적이고 디스토피아적인 분위기까지 고려한다면?

질문 형식을 빌려보았지만 앞서 말한 모든 것이 바로 이 시집의 생생한 육체를 구성한다. 만약 당신이 이런 세계에 대한 공감과 선지식이 어느 정도 있다면 세상에 이 시집만큼 흥미롭고 독특한 구조물도 없겠다. '덕력'을 자극하는 배경지식들은 신선하게 되살아나며 하이퍼링크되고, 그것이 어떻게 재조립되어 특정 멜랑콜리와 지적 서스펜스로 뒤바뀔 수 있는지 짜릿하게 경험할 수 있기 때문이다.

반대의 경우라면 안타깝지만 지금부터 약간의 노력이 필요하다. 부분적 난관에 봉착했으나 시집의 묵직한 매력을 포기하지 못한 사람, 알 듯 말 듯 더 흥미가 생기는 이들을 위해 무수한 픽션들을 어느 정도 제어할 수 있는 중심 서사를 만들어보면 어떨까. 이 약간의 노력에 의지해 시집을 읽어나간다면? 때론 중심 서사와 멀어지거나 다른 서사를 새로 개발하기도 하면서 각자의 가설을 만들어가도 좋다. 여기 세 가지 키워드로 우리의 이야기를 전개해보자. '퀴어' 'SF' '메타픽션'이 바로 그것이다.

2. 글로리홀 ── 퀴어 감수성의 출발

한국 시단에서 성소수자가 전면적인 캐릭터로 등장한 것은 2005년도였다. 황병승 첫 시집의 '여장 남자 시코쿠'라는 캐릭터. '여장 남자'는 주로 여성과 남성 사이의 정체성 혼란을 드러냈다. 그럼에도 황병승은 비교적 이성애에 기반한 관계의 속물성과 폭력성, 세계의 천박함을 강도 높은 혐오와 수치심으로 번안하여 캐릭터라이징했던 것 같다.

반면 김현은 LGBT(레즈비언lesbian, 게이gay, 양성애자bisexual, 성전환자transgender) 중에서도 '게이' 캐릭터를 전면적으로 차용한다. 이쪽에 별 관심이 없는 사람들이라면 무심코 지나칠 만한 대목들이 많지만 어떤 식이든 조금이라도 관심이 있는 사람들에게 이 시집은 놀랄 만한 게이 감수성에 기반한 최초의, 동시에 주목할 만한 성과물이다.

제목부터 그렇다. '글로리홀'. 호텔 리셉션장에 붙은 이름이거나 식장의 예식홀 이름일 수도 있지만 늘 그렇지는 않다. 글로리홀. 사실 게이들의 은어다. 공중화장실의 칸막이벽에 뚫린 구멍을 칭하는 단어. 이 구멍을 사이에 두고 서로 다른 칸에 있는 게이들이 만난다. 자위나 엿보기, 구강성교가 바로 이 구멍을 통해서 이루어지는 것이다(한국게이인권운동단체 친구사이, 『게이컬처홀릭GAY CULTURE HOLIC』, 씨네21북스, 2011, p. 267 참조. 앞으로 게이 문화에 대한 각종 설명은 이 책을 참조하기로 한다). 우리나라의 경우 글로리홀은 게이 커뮤니티가 본격적으로 등장하기 전까지 공중화장실 등에 간간히 존재했지만 지금은 거의 사라진 상태다. 상황이 이러하니 알고 보면 이처럼 은밀한, 그러나 노골적인 제목이 또 있을까?

전체 쉰한 편 중 스물여섯번째로 배치된 「늙은 베이비 호모」라는 시를 함께 읽어보자. 이 시집의 제목이 그냥 나온 것이 아니라는 사실과, 시집을 지배하는 기본 구도를 좀더 분명하게 파악할 수 있게 된다.

자줏빛 비가 내리는 여름의 텅 빈 교실에서 처음으로 감정을 빨았네.

〔……〕

골을 넣을 때마다 퍽을 내뱉던 녀석의 입술은 퍽 신비로웠어. 침으로 범벅이 된 감정은 부드럽고 미끄덩하고.

곧 줄줄 흘러내렸네. 감정의 불일을 감추고, 녀석은 황량하고 사랑스러운 발길질로 나를 걷어찼지. 유리창 안에서 시간에 좀먹은 내가 늙은 신부처럼 나를 나처럼 바라볼 때. 녀석은 똥 묻은 팬티를 끌어올리고 사라지고 아름답고. 나는 면사포처럼 속삭였어. 안녕.

그리고 녀석들을 본 사람은 없네. 아무도. 그래, 아무도.

엉클스버거 냅킨으로 홈타운의 케첩을 닦아내던 우리는 왜 서둘러 늙었을까. 소시지 컬 가발을 쓰고 썩은 맥주를 마시는 오래된 밤. 나는 알 수 없이 노래하네. 카운트다운이 끝나기도 전에 소년의 궤도 밖으로 로켓을 쏘아 올린 녀석들을 위하여. 안녕, 지금도 축구화를 구겨 신고 자줏빛 여름에게서 도망치고 있을 글로리홀의 누런 뻐드렁니 호모들의 감정을 위하여. 그리고 건배.

—「늙은 베이비 호모」 부분

게이 청소년의 사랑 실패담이라고 할까? 사랑하는 친구가 있었다. 그 친구가 이성애자였는지 동성애자였는지 명시적으로 밝혀지지는 않는다. 반면 화자인 '나'에게 게이 정체성은 어느 정도 자각된 이후로 보인다. '나'는 축구를 하는 멋진 친구에게 매력을 느꼈고 어느 날 비가 내리는 텅 빈 교실에서 화자는 그의 성기를 빨게 된다. 그 친구가 화자의 입에 사정을 하게 된 순간, 중요한 것은 바로 다음 대목일 것.

사정을 마친 친구는 "황량하고 사랑스러운 발길질로 나를 걷어"차고 사라져버린다. 이건 마치 '나'를 더러워하는 듯한 태도가 아닌가. 그런데도 "사랑스러운 발길질"이라니. 상처받은 '나'는 "면사포처럼 속삭"이며 그에게 안녕이라고 혼잣말로 인사를 한다. ……너를 너무 사랑했어. 네가 나를 이렇게 떠나가지만 어떻게 해도 나는 너를 미워할 수가 없구나…… 화자는 이렇게 한 명의 버림받은 '여성'이 된다.

남성과 남성의 성행위가 있었다. 남성성과 여성성이 공존하거나 순간순간 뒤바뀐다. 기묘하게 혼란스러운 미감과 위반의 까끌까끌한 자기장이 발생한다. 게이 청소년의 사랑은 대체로 이런 대목에서 자기정체성에 대한 혼란과 혐오, 죄의식, 스스로를 둘러싼 세계의 강요된 일반 법칙에 대한 분노, 일반 법칙에 해당되지 않는 소수자로서의 자신에 대한 연민과 반복적인 자학, 불안으로 층을 이루며 이성애자의 사랑보다 몇 곱절은 더 복잡해진다.

퀴어물이 결정적으로 우리에게 문제적 감정을 불러일으킨다면, 사랑의 어떤 순간들이 다르게 취급받기 때문일 것이다. 자신들의 커뮤니티 밖에까지 정체성을 오픈한 사람은 모르겠지만 오픈리 게이openly gay가 아닌 경우의 사랑은 본인의 의지와는 별개로 그 자체로 소수자 운동이 되고 자기정체성에 대한 지속적인 탐구의 여정이 된다. 그리고 이렇게 형상화된 퀴어 작품은 여타의 이성애자들에게도 그간 우리의 관념이 얼마나 이데올로기적이었는지 반성할 기회를 주며, 인간과 존재와 사랑에 대한 새로운 관념을 고민하도록 힘을 행사한다. 김현이 채택한 시적 화자는 그 누구보다 민감한 게이 감수성으로 이 낙원 추방의 순간에 강력하게 붙들려 있다. 화자는 게이 소년으로서 사랑에 실패한 이후 "카운트다운이 끝나기도 전에 소년의 궤도 밖으로 로켓을 쏘아 올린" "늙은 베이비 호모"('호모'가 비하적 뜻이 있음을 기억하자)로 전락하여버린다. 이 시집의 근원에는 이처럼 무채색에 가까운 깊은 소외감과 멜랑콜리가 배어 있다.

3. 스산한 미국 교외 풍경, 그리고 사랑의 천사

이것이 전부는 아닐 것이다. 김현의 시집에서 시적 화자가 보여주는 게이 청소년의 성장 서사는 그보다 앞선 유년 시절의 에피소드와 공명하면서 사후적으로 더욱 증폭되는 듯하다. 시간을 더 앞으로 돌려보자. 여기서부터는 그야말로 하나의 가설이 될 것 같다.

기억이 날지 모르겠지만 이 시집의 스물한번째 작품인 「긴 꼬리 달린Darlin」에는 몸에 꼬리가 달린 여인의 이야기가 펼쳐진 바 있다. 어쩐지 또 다른 성소수자인 인터섹슈얼(intersexual, 남녀의 성기를 함께 가지고 태어난 사람)을 연상시키는 이야기다. 지금 우리가 초점을 맞추는 것은 게이 청소년의 성장 서사이므로 "달린의 꼬리를 본 종종다리종달새들이 신비로운 살갗을 합창했다"라는 구절을 눈여겨보자.

"신비로운 살갗"에 붙은 각주 5번은 이런 내용이었다. "영화감독 그렉 아라키의 작품 제목. 영화의 꼬리 부분에 나오는 다음과 같은 내레이션에 벨벳 사운드velvet sound를 입혀보기 바란다. "이 세상의 모든 슬픔과 고통과 좆같은 것들을 생각하자 도망치고 싶어졌다. 진심으로 우리가 이 세계를 뒤로하고 떠날 수 있기를 바랐다. 고요한 밤 두 천사처럼 마법처럼 사라져버리기를……""이라는 청유의 문장.

'신비로운 살갗'은 실제 우리나라에 「미스테리어스 스킨」(2004)으로 소개된 그렉 아라키 감독의 영화로, 아동 성폭행이 두 아이의 삶을 어떻게 망가뜨렸는지를 시종여일한 상실감과 외상의 반복을 통해 보여주는 작품이다. 여기서 설명이 쉽지 않은 것은 극중 '닐(조셉 고든 레빗 분)'이라는 아이의 태도다. 아이는 유년 시절 야구부 코치에게 동성애를 강요당한다. 일반적인 소년들과는 다른 성정체성을 어렴풋이 자각해나가는 아이에게 아빠보다 더 다정하게 자신을 보살펴주고 인정해주는 코치는 애정의 대상이 되기에

228

충분하다. 그러나 이것이 섹슈얼한 관계로 진환되면 이야기는 크게 달라진다. 아이는 기묘한 감정 속에서 코치의 동성애 게임에 참여하고 또래의 다른 아이 '에릭'까지 자신들의 게임에 끌어들인다. 이를 통해 닐은 잠재된 동성애적 기질을 완전히 전면화한다.

코치를 놓고 보자면 이 사건은 분명 처벌받아 마땅한 아동 성폭행이며 잔인한 아동 학대다. 반면 닐에게 이 일은 가장 강력한 쾌락으로 각인된다. 외설적이고 기이하다. 아동 성폭행을 다룬 영화이지 퀴어 영화는 아니라고 말하는 사람도 분명 있겠다. 하지만 닐의 바로 이런 기억 때문에 이 영화가 퀴어 영화의 색채를 띨 수 있는 게 아닐까.

닐은 청소년이 되어서도 쉽게 코치를 잊지 못한다. 그리고 계속되는 '길녀'(길거리에서 상대를 찾으러 다니는 게이)로서의 삶. 이것을 쉽게 '사랑'이라고 부를 수 있을까? 상식은 깨지고 믿음은 흔들린다. 절대 아니라고 한다면, 왜 그것은 사랑이라고 부를 수 없는 것인가? 코치가 없었다면 닐은 이성애자가 되었을까? 닐의 자기결정권은 어디까지 인정받을 수 있는 것일까? 혹은 과연 인정받을 수 있기는 한 것일까. 영화는 에릭과 닐이 코치의 옛집을 몰래 방문해서 서로를 위로하는 장면으로 끝난다. 그 마지막 장면에서 닐이 에릭에게 미안함을 전할 때, 함께 깔리는 내레이션이 바로 각주 5번 속 인용문이었다.

코치의 옛 쇼파에 앉아 둘은 서로 의지한 채 뱅글뱅글

하나의 희미한 점으로 사라진다. 이렇게도 해석될 수 있는 대사와 함께 말이다. '내 모든 진심을 담아서, 우리가 이 세상을 뒤로한 채 떠날 수 있기를 바란다. 한밤중, 두 명의 천사가 같이 떠오른다. 그리고 신비롭게도…… 사라져버린다.' 의미심장하지 않은가? 상처받은 두 명의 '천사'가 하늘로 떠올라 사라져버린다…… 이제 날개를 잃어버린 두 명의 천사에게 남은 삶은 죽음뿐인 것처럼 느껴진다 (눈여겨봐야 할 것은 닐이 상실감 속에서 코치를 떠올리며 "날 빌어먹을 당신의 천사라고 불렀지"라고 중얼거리는 대목. 코치는 애칭으로 닐을 '천사'라고 부른 것이다. '천사'라는 말을 둘러싼 이런 맥락이 『글로리홀』에 등장하지는 않는다. 다만 영화를 본 사람만이 확인할 수 있다).

  굳이 영화에 대한 이야기를 길게 늘어놓았다. 앞서 읽었던 「늙은 베이비 호모」의 제목에 붙은 각주 1번에서 특이하게도 '민'(사랑했던 그 아이의 이름?)에 각주가 또 달리고 "이 주석에 도움을 준 노래들을 밝혀 적을까 하다 어둠 속에 두기로 한다. 다만, 사랑의 기원, 거지 같은 훤둥이, 코치는 나를 범하고, 네가 소년이었을 때,라는 존과 찰스와 그렉과 민의 노래를 언젠가 들은 적이 있다고만……"이라는 내용이 더해져 있기 때문이다.

  특정 노랫말의 일부인지, 아니면 영화의 영향을 받아 화자의 성장담 속에 시인이 부여한 가공의 서사를, '노래'라고 표현한 것인지 분명치 않다. 그러나 이 사소한 '각주

속의 각주'는 시적 화자의 기억 심층에 존재하는 결정적 순간을 암시하는 것처럼 보인다. 우리는 여기서 시적 화자의 성장담에 대한 하나의 픽션을 만들어볼 수 있다. 어쩐지 '두 명의 소년과 한 명의 어른'이라는 관계를 떠올리게 된다는 말을 하려는 것이다.

정리하자면 게이 정체성을 일깨워준 어른(코치)이 있었고, 두 명의 소년이 있었고, 시간이 흘러 소년 중 한 명이 나머지 소년을 버렸고, 남겨진 소년은 옛사랑의 고통에 휩싸여 낙원에서 추방당했다는 점, 그리하여 외롭고 황량한 이 세계에 혼자 남겨졌다는 점, 바로 이것이다(이 서사는 충분히 달라질 수 있다. 당신의 상상력을 발휘해보라).

이런 성장담은『글로리홀』에 가까이 다가갈 수 있는 하나의 유효한 참조점이 될 것이다(그랬으면 한다). 이제 시집의 두번째에 배치된「고요하고 거룩한 밤 천사들은 무엇을 할까;」, 스물아홉번째에 배치된「고요하고 거룩한 밤 천사들은 무엇을 할까; 듀안과 마이클은 한 파티에 참석했던(하략)」, 서른다섯번째에 배치된「처음으로 죽은 갱gang」에 등장하는 "LA의 천사", 마흔일곱번째의 시「고요하고 거룩한 밤 천사들은 무엇을 할까; 친애하는 창백한 푸른 눈동자 씨에게(하략)」까지를 어느 정도 하나의 맥락에서 이해할 수 있게 된다. 두 명의 게이 청소년은 대천사 미카엘(영어식으로는 마이클)과 가브리엘의 이미지로 바뀌고, 이것은 다시 각각의 시에서 직접적으로, 혹은 간

접적으로 변형되어 등장한다.

마이클이 한밤중 집에 돌아와 목 잘린 닭 떼들이 푸드덕 거리는 황량한 꿈을 꾸고, 고양이 가브리엘이 잠든 마이클을 핥고 품어주는 장면(「고요하고 거룩한 밤 천사들은 무엇을 할까;」), '마릴린 먼로'가 집에 돌아와 옷을 벗으니 그녀가 실은 여장 남자였음이 밝혀지고, 곧 죽음을 앞에 두고 있음을 무대화하는 장면(「고요하고 거룩한 밤 천사들은 무엇을 할까; 듀안과 마이클은 한 파티에 참석했던(하략)」), 갱단의 킬러 헥터가 천사의 날개가 그려진 글로리홀을 통해 제임스 프랑코를 환상처럼 잠시 만났다가 끝내 피를 흘리며 싸구려 모텔에서 죽어가는 장면(「처음으로 죽은 갱 gang」), 발기한 마이클이 환상의 숲으로 들어가 가브리엘을 채찍으로 때리고, 69자세로 서로의 성기를 빨다가 창백한 푸른 밤을 바라보며 쓸쓸하게 끝나는 장면(「고요하고 거룩한 밤 천사들은 무엇을 할까; 친애하는 창백한 푸른 눈동자 씨에게(하략)」)들은 모두 동성애 관계의 두 사람이 낙원 상실 이후 외로움 속에서 죽어가는 서사의 다양한 변주로 읽히지 않는가. 그밖의 몇몇 작품도 바로 이 구도에서 읽는다면 더욱 이해가 빠를 것 같다.

이 두 사람은 유년 시절 누군가의 천사이기도 했으며 서로가 서로에게 천사이기도 했을 것. 그러니까 '천사'라는 단어와 그 단어를 둘러싼 다양한 서사에는 순수했던 시절, 사랑받던 시절, 죄의식 없이 누군가를 사랑했던 시절, 그러나 돌이킬 수 없는 아득한 시절, 폭력적이며 수치스러웠던 시절, 동시에 어떻게 해도 벗어날 수 없는 기억, 지금은 날개가 꺾여 어디로도 날아가지 못하는 삶,이라는 깊은 탄식이 회전하며 꽉 맞물려 있다는 말이다. 그러니, 누가 뭐래도, 이 천사는 '사랑의 천사'다. 사랑이 없었다면 이 모든 고통도 없었을 것이다.

4. SF적 디스토피아에서 사이보그로 살아가기

흥미로운 것은 시인이 각주에서 밝혔듯 이 시집의 배경에 다양한 사진작가들의 색채가 덧입혀져 있다는 사실이다. 에릭 호퍼에게 영감을 받은 듯, 황량하고 공허한 미국 교외 주거지역을 헐리웃 영화의 한 장면처럼 연출 사진으로 기록한 그레고리 크루드슨의 작업, 또한 르네 마그리트의 영향권 하에 시퀀스 포토의 창시자로 알려진 듀안 마이클의 작업 역시 이 시집과 겹쳐 있다. 모두 스산하고 우울하며 기묘하게 쓸쓸하거나, 낭만적이고 서정적이며 꿈을 꾸는 듯한 사진들이다. 이런 정도의 말로밖에 설명할 수 없다는 것이 안타깝다. 지금 들고 있는 당신의 스마트폰으로나마 이들의 사진을 찾아보길 권한다.

시집 내에서 시인이 명시적으로 밝힌 적은 없지만 듀안 마이클의 사진 중에 「타락한 천사The Fallen Angel」라는 작품을 본 사람은 이 시집의 '천사'가 작동하는 배경을 더욱 깊이 있게 이해할 수 있을 것 같다. 총 여덟 장의 흑백 사진이 연속으로 배열되어 있는 작품의 내용은 이러하다. 침대에 잠든 여인을 보고 흥분한 천사가 그녀를 범한다. 그리고 벌을 받은 듯 날개를 상실하고 인간적 고통에 괴로워하다가 외투를 여미며 그 자리를 뛰쳐나간다. 성행위 이후 천사가 그 순수함을 잃고 인간으로 전락한다는 설정은 어린 소년이 동성애에 눈을 뜬 뒤 짧은 행복의 시간을 겪고 버림받은 후 영원히 고독하고 황량한 세계 속에서 죽음과도 같은 삶을 살아가야 한다는 이 시집의 핵심 가설과도 상통한다. 침실을 뛰쳐나온 천사는 이후 어떻게 되었을까?

쓰레기가 나뒹구는 우울한 도시의 뒷골목이 떠오른다. 외투로 제 몸을 감싼 채 이 도시를 부유하는 슬픈 눈의 사내까지. 누가 이 천사를 천사로 알아보겠는가. 『글로리홀』의 멜랑콜리는 이 대목에서 낭만성과 결합한다. 「목성에서의 9년」에서 "륜의 사진첩 『터미널』(루, 1886)에서 이 오목한 눈물의 전경을 찾아볼 수 있다"와 같은 각주, 영화 「동사서독」의 감수성을 그대로 옮긴 「동사와 서독」, 그리고 한밤중에 눈〔雪〕과 몽상과 사랑을 읊조리는 「국경」과 같은 시가 보여주는 낭만적 감수성은 이병률과 박정대의 작품을 도드라지게 연상시킨다. 이처럼 김현은 변형된 각주 놀이와 인용을 통해 이들 선배 시인에게 오마주를 바친다.

한 가지 더 있다. 또 하나의 매력적인 세계. 그것은 바로 SF적 디스토피아의 상상 세계다. 로켓에 태워져 강제로 '소년기' 밖으로 추방당한 게이 청소년이 불시착한 곳은 비유적으로 말하자면 '낯선 행성'일 터. 바로 여기서 이 관습적 수사는 시집의 효과적인 배경으로 실체화된다. 이번 시집에서 SF의 색깔을 띠고 있는 작품은 「은하철도 구구구」 「리와인드Rewind」 「목성에서의 9년」 「게리가 무어라고 하던 복제품을 위한 추도사」 「그린그래스Greengrass가 사라졌네」 「우주관람차 12호의 마지막 손님」 「몽고메리 클리프트」 「지구」 등 여덟 편 정도이지만 기타 다른 시편에도 낯선 혹성, 시간 여행, 우주선, UFO, 복제인간, 로봇 등의 아이디어가 부분적으로 변용·배치되어 있다.

물론 시집에 등장하는 SF적인 분위기는 뛰어난 과학적 상상력의 전개, 대체역사의 창조, 정확한 지식과 치밀한 스토리텔링 등에 초점을 맞춘 것은 결코 아니다. 오히려 필립 K. 딕과 같은 SF 작가들이 테마로 삼았던 주제, 즉 기술문명의 고도화 속에서 인간과 복제인간의 경계는 무엇이며, 과연 인간 존재의 확신은 어디서, 어떻게 구할 수 있는가와 같은 질문에 집중되어 있다고 보는 편이 맞겠다. 이 계열의 작품 중 딕의 단편 「안드로이드는 전기양을 꿈꾸는가?」(「그린그래스Greengrass가 사라졌네」의 각주 6번에 변형하여 등장)는 당연히 손에 꼽을 수 있지만, 이를 바탕으로 제작된 영화 「블레이드 러너」(1982)의 인상은 유독 더 선명하다.

조금이라도 영화에 관심 있는 사람이라면 이 영화의 디스토피아적 분위기를 대번 떠올릴 수 있겠다. 영화가 시작되면 2019년 미국 LA의 디스토피아적 풍경이 축축하면서도 음산하게 펼쳐진다. 인구가 폭발적으로 증가하면서 지구는 황폐화된 지 오래. 인간들은 상당수 다른 행성으로 이주한 상태이고 다른 행성을 식민지로 만들기 위해 리플리컨트(복제인간)가 만들어져 동원된다. 그러나 리플리컨트는 4년이라는 짧은 수명이 다하면 쉽게 폐기 처분되는 현실. 수명 연장을 위해 지구로 침입한 리플리컨트들을 처단해나가던 '데커드(해리슨 포드 분)'는 마지막에 역으로 그들의 대장인 로이에게 죽임을 당할 위기에 처한다. 그러나 로이는 데커드를 죽이지 않고 스스로 죽음을 선택하면서, 비를 맞으며, 마지막 말을 남긴다. 이 장면은 영화를 본 많은 이들에게 잊히지 않는 명장면으로 남아 있다. "난 네가 상상도 못 할 것을 봤어. 오리온 전투에 참가했었고 탄호이저 기지에서 빛으로 물든 바다도 봤어. 그 기억이 모두 곧 사라지겠지, 빗속의 내 눈물처럼. 이제 죽을 시간이야."

로이는 정말 리플리컨트에 불과한가? 그를 파괴시키는 일은 정당한가? 자신을 처단하려는 인간(데커드 역시 복제인간이라는 설도 있다)을, 죽일 수 있음에도 불구하고 죽이지 않은 채 스스로 죽음을 맞이하는 로이. 이 순간만큼은 차라리 인간보다 낫지 않은가. 로이의 슬픔은 슬픔이 아닌가? 그러니까 김현 시집에서 SF 문법이 차용될 때, 그 발화의 자리는 주로 이와 같은 복제인간, 혹은 사이보그의 자리이며, 이 자리에서 복제인간은 더욱 진지하게 자기 존재에 대해 고민한다. 또한 우리에게 묻는다. 저는 인간입니까, 인간이 아닙니까? 인간이라면 어째서 저에게는 영혼이 없는 것처럼 느껴질까요? 인간이 아니라면 저는 왜인간이 될 수 없는 것입니까. 당신은 나보다 얼마만큼 더 인간에 가까운가요? 지금 순간에도 지구를 황폐화시키는 인간들. 인간은 대체 무엇입니까…… 당신에게 이와 같은 데이터베이스가 존재한다면 김현의 SF 문법은 훨씬 더 설득력 있게 다가올 것이다. 물론 한 단계 더 거쳐야 할 관문은 있지만 말이다.

　시리우스가 팬티를 내렸다. 텐션 페니스사의 음경이 팽팽하게 나타났다. 귀두 아래 박힌 네 개의 다마까지 내 것과 똑같았다. 고독의 형상이 있다면 바로 저 구슬들 같지 않을까. 그제야 나는 시리우스가 건네준 구형 맥가이버칼로 몸을 찢었다. 〔……〕 당신 역시 공산품 로봇에 지나지 않아. 〔……〕 나는 시리우스를 안고 침대에 누웠다. 22세기부터 금지된 감정을 끌어 덮었다. 눈을 감았다. 〔……〕 인간이었을 때는 결코 알 수 없던 삶의 환희들이 밀려왔다. 그러나 이 역시 픽션들에 저장된 것일지도 몰라. 눈을 뜰 수가 없었다. 〔……〕 시리우스, 내게도 영혼이 있을까? 코드 블루,

코드 블루. 입술이 저절로 씰룩였다. 자동 폭파 장치가 가동
된 듯했다. [······] 우리는 죽어서 어디로 갈까? 시리우스
가 물었다. 잊을 수가 없다. 나는 새로운 세대를 위한 텐션
페니스사의 이중 분리 음경을 장착한 채 재생산됐다. 그리
고 어딘가에 시리우스를 찾아 벌써 이곳, 13행성까지 오게
되었다.

──「어딘가에 시리우스」부분

　분명한 것은 없다. '시리우스'는 누구고, '나'는 누구며,
이곳은 어디인가. 김현의 시를 읽으며 우리가 부딪히게 되
는 혼란이다. 이 작품 역시 서브텍스트의 내용을 어느 정
도 알고 있어야 이해할 수 있다. '시리우스'라는 단어에 붙
은 각주 1번에 "텐션 페니스사의 창립자인 올라프 스카이
가 연인이었던 스태플든 울프와 합작하여 만든 제1세대
애완 로봇의 이름이기도 하다"라는 말이 붙어 있지만 각주
를 읽고 나면 혼란은 더해진다. '올라프 스카이'는 누구이
고 '스태플든 울프'는 또 누구란 말인가?
　결론부터 말하자면 시인은 지금 의도적으로 '올라프 스
태플든'이라고 하는 SF 작가의 이름을 분리하여 '가짜 각
주 놀이'를 하고 있다. 물론 올라프 스태플든의 작품 중에
는 분명 『시리우스』라는 소설이 존재하며 위의 시가 그 소
설에서 힌트를 얻은 작품인 것은 분명해 보인다.
　인간보다 더 뛰어난 지능과 감성을 가진 '개'를 소설 속

에서는 '시리우스'라 칭한다. 시리우스는 개와 인간 사이에서 끊임없이 갈등하는 존재다. 물론 이 과정이 사변적 언어로 일관되기는 하지만 어쨌든 소설 속에서 그를 이해하는 유일한 인간 친구가 바로 '플랙시'라고 하는 소녀다. 이들은 서로를 의지한 채 성장해나가는데 이런 식의 설정을 알게 된다면 이제 이 시에 어떤 변형이 가해졌는지 파악하기란 어려운 일이 아니다. 시인은 소설의 '시리우스—플랙시'의 캐릭터와 관계를 빌려와 '시리우스—나'로 뒤바꾸고 이것을 과잉된 남성 성기를 가진 로봇들의 B급 '퀴어—SF물'로 변환시킨다.

앞선 우리의 가설과 이 시를 연결시키자면 아마도 이러한 서사가 가능할 것 같다. 어떤 식으로든 사랑의 실패를 경험한 이후 게이 청소년은 자신의 성 정체성을 슬프게 각성하고 "텐션 페니스사의 이중 분리 음경을 장착한 채 재생산"된다. 그리고 날개 잃은 천사처럼 이 우주 곳곳을 떠돈다. 어딘가에 있을 자신의 소울메이트를 찾기 위해 그렇게 온 행성을 떠돌다가 결국 '시리우스'를 발견하는데 시리우스는 바로 자신과 똑같은 "네 개의 다마"를 귀두 아래 박은 로봇으로 밝혀진다. 둘은 침대에 누워 "22세기부터 금지된 감정"을 덮는다. 아마도 동성애의 관계이리라(깊은 슬픔과는 별개로 이런 식의 서사에는 어쩐지 유아적이며 나르시시즘적인, 동시에 천진하기 짝이 없는 매력이 존재한다. '텐션 페니스사'라니, 남성 성기에 대한 이 과도한 성적 몰입과

물신화에는 일면 상대의 정치적 성향, 경제력, 집안 배경 등 어떤 조건도 따지지 않고 마치 발가벗은 채 함께 뛰어노는 아이들과 같은 천진함이 개입해 있는 것 같다).

이렇게 보자면 이 시집은 인간과 다른 형태로 태어난 사이보그가 자기정체성을 탐구하기 위해 우주를 떠돌다가 결국은 황폐화된 지구로 돌아와 죽음을 맞이하는 비극적 여정을 다룬, 기이하게 슬프고 기이하게 유희적인 SF 서사시라고 봐야 할 것 같다. 시집 첫번째에 배치된 「비인간적인」이라는 작품은 이 시집의 시적 화자가 평균적인 프로토콜을 장착한 인간이 아님을 고지하는 비밀스러운 초대장이었던 셈. 사이보그지만 인간처럼 영혼을 갖고 싶다는 희망도 그래서 품게 된다. "인간이었을 때는 결코 알 수 없던 삶의 환희들이 밀려왔다. 그러나 이 역시 픽션들에 저장된 것일지도 몰라"라는 구절을 통해 알 수 있듯 중요한 건 설사 게이 정체성을 인정한다고 해도 어쩐지 이 환희가 진짜인지조차 의심스러워진다는, 이 겹겹의 한계조건이다. 내가 선택해서 게이가 된 것이 아니라는 혼란을, 내가 선택해서 사이보그가 된 것은 아닐 것이라는 비유로 되풀이하는 셈이다. '내'가 사이보그라면 나를 만든 누군가가 있을 것이고, 나는 그의 프로그래밍에 따라 감각하고 생각하고 살아가는 존재에 불과한 것 아닌가. 나를 만든 이는 어째서 나를 게이로 만든 것인가. 나를 만든 '존재'는 '누구/무엇'이고 '나'는 대체 '누구/무엇'인가? SF를 거치면서 묵직해진 질문은 이제 포르노 배우들과 만나고, 메타픽션으로 심화된다.

5. 포르노 배우들과 함께한 메타픽션 극장

여기까지 함께 온 당신에게 경의를 표한다. 사실 보통의 해설이라면 지금쯤 이 글은 끝났어야 한다. 이 정도 '스크롤'의 압박을 견딘 당신, 정말 훌륭하다. 그러나 불행하게도(?) 아직은 조금 더 가야 할 것 같다. 바라건대 사랑의 힘으로, 나는 당신이 이 글을 끝까지 읽어서 김현의 시집을 더욱 사랑할 수 있으면 좋겠다.

조금 다른 말로 풀어볼까? 하루키가 마라톤 마니아라는 것은 우리 모두 안다. 그가 정기적으로 마라톤을 즐기며 고통에 시달리는 인물에 대해 쓴다 해도 이상할 것은 전혀 없다. 소설가니까. 그러나 만약 최승자 시인이 마라톤을 즐기며 고통받는 화자의 목소리를 낸다면 어떻겠는가? 사람들은 최승자의 시를 더 이상 읽지 않을 것이다(물론 최승자가 마라톤을 즐겼다면 고통받는 화자의 목소리를 애초에 낼 수도 없었을 것이다). 시인은 그런 것이니까. 장르적 차이에서 비롯된 높은 윤리적 기대감. 시인과 시적 화자를 동일시하려는 이 욕망이 오랫동안 시인의 타락을 막은 것은 사실이다. 그로 인해 시인은 주로 병적 상태로 제 순결

함을 증명하며 이 세계의 타락을 가장 먼저 고발하는 자가 될 수 있었다. 그러나 이 순결한 믿음이 시인의 자력갱생을 막고, 시의 상상력과 스케일의 확장을 막은 장애물이기도 했다는 점은 부인할 수 없을 것 같다.

그런 면에서 2000년대의 시가 시인에서 시적 화자로, 시적 화자에서 다시 일종의 캐릭터 놀이로 초점을 변화시켜간 것은 시의 내재적 한계를 극복할 수 있는 중요한 흐름 중 하나였다고 나는 생각하는 편이다. 물론 공과와 성패는 사례별로 따져봐야 한다. 분명한 건 이 방법론을 채택하면서 시인들이 지금 자신이 살아가는 현실에서 일정 정도 벗어날 수 있는 자유를 얻었다는 점이다. 더욱 극화된 형식으로, 픽션에 가까운 상상력을 펼칠 수 있게 된 것이다.

다시, 말을 조금 바꾸자면 캐릭터 놀이를 통해 시인들은 비로소 타락할 자유를 얻었다고 할 수 있다. 시인과 시적 화자가 실질적으로 분리되면서 윤리적 책임감을 조금 내려놓고, 일종의 캐릭터를 동원한 타락이 가능해진 것이다. 시 안에서 퇴폐를 표현할 자유는 여전히 한국적 현실에서는 받아들여지기 힘든 감이 있다. 따라서 이 계열의 시인들은 아무래도 무대를 외국으로 돌릴 수밖에 없다. 타락의 정도가 크면 클수록 이국적 배경은 더욱 전면화하게 된다. 그래야 행위의 폭이 넓어지고 비난의 화살을 어느 정도 비껴갈 수 있기 때문이다. 현실적 설득력과는 별개로, 소재의 확장이라는 측면에서 보자면 큰 변화다.

　이 젊은 시인의 첫 시집이 1950~60년대 미국의 대도시 뒷골목이나 삭막하고 칙칙한 교외 주거지역을 배경으로 삼은 것도 이런 필연적 맥락이 있었을 것이라 나는 생각한다. 자신이 채택한 시적 화자가, 일반적인 상식 기준에서 일탈적인 인물이라고 했을 때, 시인에게 내면의 갈등과 고뇌를 표현할 수 있는 효과적인 방법은 극화된 픽션의 세계일 수밖에 없는 것이다. 캐릭터의 타락을 통해 그 누구보다 격렬하게 인간의 퇴폐성과 악마적인 내면을 탐구하기를 좋아하는 시인들은 대체로 한국보다는 외국을 선호하는 것 같다.

　'포르노 배우'에 대해 말하기 위해 주단을 깔았다. 이번 시집에는 사실 강력한 캐릭터가 하나 등장한다. 바로 '린다 수전 보어맨'이다. 예명 '린다 러브레이스'. 그녀가 대중에게 널리 알려진 것은 하드코어 포르노 「목구멍 깊숙이 Deep Throat」(1972) 때문이었다. 미국 최초로 극장에서 정식 개봉한 이 포르노는 엄청난 관객을 동원하였고 때문에 린다는 일약 유명 인사가 된다. 여기엔 적나라하면서도 조악한 영화 자체의 힘만이 작동한 것이 아니라 '포르노와의 전쟁'을 선포한 억압적 정권의 검열 문제가 걸려 있었으며 이로 인해 「목구멍 깊숙이」는 큰 사회적 이슈가 되어 버린다. 「목구멍 깊숙이」가 영화 역사상 가장 유명한 포르노로 기록되는 이유도 그 때문이다. 훗날 린다는 회고록을 통해 당시 영화를 찍을 때 강압과 폭력이 있었음을 고백하며 안티포르노 운동에 나서기도 하지만, 생활고 때문에 다시 포르노계로 돌아왔다가 끝내 2002년 교통사고로 사망한다. 린다의 삶은 최근 영화 「러브레이스」(2013)로 옮겨지기도 했다.

당신도 보았는지 모르겠지만 실제 영화를 보면 줄거리라고 할 것이 없다. 가장 중요한 것은 구강성교 장면일 텐데 영화 내내 남성 성기를 펠라티오하는 린다 수전 보어맨의 얼굴이 중요하게 클로즈업된다. 보는 이의 숨을 턱턱 막히게 하는, 거의 기예에 가까운, 과연 저게 가능할까 싶은 하드코어한 장면들의 연속이다. 이런 맥락을 이해한다면 다음과 같은 장면이 어떻게 탄생했을지 상상해보는 것은 크게 어려운 일이 아닐 것이다.

수전은 마침내 행크의 그것 앞에 당도했다. 그녀는 두 손을 들었다. 행크, 이건 삼킬 수 없어요. 수전은 수전에게 실망했다. 당신만이 이걸 삼킬 수 있어요. 당신이 아니라면 대체 누가 이걸 삼킨단 말입니까. 수전, 수전, 수전, 수전은 수전을 연호했다. 오늘은 당신의 은퇴 파티잖아요. 은퇴 파티란 게 뭔지 보여줄 때가 온 거라고요. [……] 수전을 에워싼 사람들이 잠든 듯이 죽음에 들기 시작했다. 그 시각, 지구는 정전 중이었다.

[……]

수전이 그것을 끝까지 삼켰다. 모든 불이 와해됐다. 산산

한 새벽이었다. 〔……〕 수전은 변색된 모조 진주가 달린 홈
드레스를 줄줄 끌며 침실로 붕 떠갔다. 린다가 네 발로 수전
의 옷자락을 간신히 밟으며 총총총 그녀의 뒤를 따랐다. 수
전은 침실로 오르는 오랜 시간 동안 수전을 연호하는 얼굴
없는 얼굴들을 둘러보았다. 〔……〕 수전! 수전! 수전! 어디
로 사라진 거예요. 오늘은 로스앤젤레스 엔젤의 은퇴 파티
라고요.

　　　　—「수전 보어맨Susan Boreman의 은퇴 파티」 부분

비트 세대를 대표하는 작가 중 한 명이며, 그 자신이 마
약 중독자였던 윌리엄 S. 버로우의 작품 『퀴어』(시집의 여
섯번째로 배치된 「퀴어; 늘 하는 이야기」가 바로 이 소설의
설정을 빌려왔다) 중에는 이런 식의 대사가 나온다. "섹스
괴물로 살아가느니 죽는 게 더 고귀하다고 생각했지." 이
것은 소설 속 게이인 '리'가 사랑하는 청년 '앨러턴'에게 던
진 말이다. 이 대목을 조금 더 길게 인용해보자면 다음과
같다.

　"나이트클럽에서 짙은 화장을 하고 히죽히죽 웃던 여장 남
자들을 본 적이 있는데 그 사람들이 떠올랐어. 내가 그런 인
간 이하의 괴물이라니, 어떻게 그럴 수 있을까. 가벼운 뇌진
탕을 일으킨 사람처럼 멍한 상태에서 거리로 나갔지. 〔……〕
흉칙한 절망과 수치밖에 아무것도 얻을 것 없는 삶을 끝내는

게, 스스로를 파멸시키는 게 나을 듯했어. 섹스 괴물로 살아
가느니 인간으로 죽는 게 더 고귀하다고 생각했지."
　　──『퀴어』, 조동섭 옮김, 펭귄클래식코리아, 2009, p. 65

　게이로서의 자기정체성을 그 누구보다 너그럽게 받아들
여야 하는 사람은 결국 자기 자신이지만, 상당수의 게이
혹은 게이 청소년들이 그렇게 되기까지는 고통스러운 과
정을 거쳐야만 한다. 도움을 얻을 커뮤니티나 롤 모델을
만나지 못하면 극단적인 생각에 시달리기도 한다. 우리를
둘러싼 세계의 내재화된 일반법칙은 동성애자에게 이중구
속이 되어 자기혐오감을 배가시키기 때문이다. 소설 속
'리'는 여장 남자들을 보며 자연스럽게 혐오감에 휩싸인
다. 자기 자신도 그런 여장 남자와 별로 다르지 않은 퀴어
한 존재임에도 말이다. '리'는 부조리했던 자기혐오의 기
억을 불러내 앨러턴에게 들려준다. 『글로리홀』에 등장하
는 "이 쓰레기 호모새끼야"(「퀴어; 늘 하는 이야기」)라는
거친 분노도 이와 같은 맥락에서 이해할 수 있게 된다. 결
국 이번 시집에는 다음과 같은 연상의 회로가 보이지 않게
작동하고 있다고 봐야 한다. '나는 정상적인 인간이 아니다,
내가 나를 인정할 수 있으면 좋겠지만 나조차 나를 인정할
수 없다, 그렇다면 나는 무엇인가, 나는 쓰레기다……' 이
런 자학의 메커니즘이 철학적 질문으로 번역되면 거기서
SF와 사이보그의 세계가 등장하지만 파괴적인 혐오감으로

달리 번역되면 '포르노 배우'의 세계로 넘어간다. 이것이 비교적 순화된 단계로 숨을 죽이면 무대 위의 가짜 삶을 살아가는 영화배우의 세계가 펼쳐진다.

조금 돌아왔지만 앞서 인용한 시의 수전은 명백하게 '린다 수전 보어맨'으로 보인다. 수전은 설정상 마지막 은퇴 파티에서 온갖 영화배우들의 성기를 펠라티오한다. 그리고 마지막으로 '행크'라는 사내의 성기 앞에 도달하는데 그녀가 아무리 유능한 포르노 배우라도 그것만은 삼킬 수 없는 상황. 찬사를 가장한 강압 속에서 그녀는 결국 성기를 입안에 넣고 만다. 폭력적이고 쓸쓸하다. 린다 수전 보어맨은 '린다'와 '수전'으로 분열된다.

마치 전성기의 린다가 아니라 말년의 린다를 보는 듯한 애처로움이라고 할까. 「수전 보어맨Susan Boreman의 은퇴 파티」와 짝을 이루는 「론 우드Lone Wood의 은퇴 파티」 역시 잘 나가는 포르노 배우로 살다가 은퇴하는 론 우드의 마지막 파티를 다루며, 관능적이라기보다는 허무한 분위기 속에서 진행된다. "죽기 전에 그 기념비적인 좆을 한 번 더 구경해야겠네. 어서 녀석의 고약한 성질을 돋워보라고. 외로운 사람들만이, 오직 외로운 사람들만이 오늘 밤의 내 느낌을 알지"라고 중얼거리는 '호모 데이브 커밍스'의 목소리. 그야말로 외롭고, 스산하고 황량한 느낌이다. 「블로우잡Blow Job」에 등장하는 앤디 워홀 역시 마찬가지다. 섹스 괴물, 인간 이하의 괴물, 그런데도 포르노 배우처럼 탐닉을 멈출 수 없는…… 그게 바로 나, 그게 바로 인간,이라고 하는 지독한 쾌락과 환멸과 허무의 뒤범벅.

이제 김현의 시적 화자는 좀더 다중적인 상태로 분열하게 된다. 시집 안에서도 이미 '시인/작가/옮긴이/시적 화자/캐릭터'가 분리되어 등장하지만, 자기정체성에 대한 환멸과 인정의 반복은 필연적으로 자기부정과 자아분열을 가져온다. 이것이 발전되면 하나의 캐릭터 내부에서도 일관된 정체성에 혼란이 발생하는데 바로 이 대목에서 김현의 시집은 포스트모던한 세계관과 의도치 않게 연결된다.

보르헤스의 소설 중에 「원형의 폐허들」이라는 작품이 있다. 꿈을 통해 소년을 만들어낸 남자의 이야기다. 어디서 어떻게 왔는지 알 수 없지만, 낯선 곳의 신전에 도착한 남자는 두 번의 실패 끝에 신의 도움을 받아 한 명의 소년을 만들어낸다. 남자는 소년이 남자의 '꿈으로 만들어낸 존재'라는 사실을 깨닫지 못하게 하려고 그의 기억을 지워 신을 찬미할 수 있는 다른 신전으로 보낸다. 그런데 어느 날인가 불에 타지 않는 도인이 있다는 소문이 남자에게 전해진다. 그 도인이 바로 남자가 만들어낸 소년이었다. 남자는 자신이 각고의 노력으로 만들어낸 소년이 정체성을 자각하게 될까 봐 안타까워한다. 여기서 우리는 당연히 남자는 진짜 존재이고 아이는 가짜 존재라는 이항대립을 설정하게 된다. 그러나 사건은 그리 단순하게 진행되지 않는다. 남자가 기거하는 신전으로 불길이 몰려오는데 놀랍게도 남자 자신 또한 불에 타지 않음을 발견하는 것이다. 즉, 이렇게 되면 이 남자 또한 실체가 아니라 누군가의 꿈속에서 만들어낸 존재일 수 있다는 말이 된다. 이제 전제된 이 항대립이 깨지면서 과연 진실 혹은 리얼리티라는 것이 존재하는지, 명백하게 실존한다고 믿는 우리 존재가 정말로 실존하는 것이라고 확언할 수 있는 근거는 어디 있는지 형이상학적인 질문이 부각된다.

　이번 시집 내내 지속된, '퀴어한 존재로서 자기정체성에 대한 탐구'는 이렇게 해서 포스트모더니즘의 세계관과 만난다. 1960년대 영미 포스트모더니즘의 문제의식을 선취하여 보르헤스가 먼저 선보인 다양한 기법은 1990년대 초, 한국 문학에도 커다란 영향을 끼친 바 있다. 김현 시인은 그중에서도 특히 '메타픽션'이라고 하는 방법론을 '자기정체성에 대한 불안'과 결합시켜 이 시집에서 생생하게 되살려낸다. 메타픽션을 한마디로 정리하자면 '가상 텍스트에 대한 주석 달기' 정도일 것이다. 이야기란 작가에 의해 만들어진 픽션에 불과하며, 작가가 개입하여 이 픽션을 제작하는 과정을 노출함으로써 작가와 독자, 허구와 현실 사이의 경계를 무너뜨리고 탐색하는 과정으로서의 소설 쓰기를 시적 방법론으로 채택했다고 할까. 그러니까 이번 시집은 시집이지만 소설집에 가까워질 수밖에 없다. 픽션의 발명이 목적이기 때문이다. 계속해서 가짜 이야기가 만들어진다. 주석 달기 또한 '가짜 각주 달기' 혹은 '가짜 참고

문헌 달기' 혹은 '사실과 가짜를 섞어서 각주 달기' 등의 방법론으로 확장되면서 이번 시집의 주된 형식을 만들어낸다. 픽션에 또 다른 픽션을 만들어 붙여 픽션이 픽션임을 드러내면서 픽션을 써나가는……, 픽션/픽션/픽션/픽션……인 셈이다. 다음의 시는 그 한 사례다.

나는 제네바의 한 노천카페에서 한 장의 사진을 발견했다. 여배우의 꿈을 여러 각도에서 바라본 시선 중 하나로 케이트 블란쳇이라고 불리는 이미지였다.

〔……〕

나는 눈을 감고 케이트 블란쳇의 얼굴에 점 하나를 기록했다. 점찍은 케이트 블란쳇의 얼굴이 또 한 차례 어두운 방의 렌즈에 비쳤다. 나는 촬영을 시작했다.

〔……〕

나는 속눈썹을 붙였다. 나는 대본 대신 외국소설을 들었다. 나는 촬영장에 있고 사라졌다. 나는 문자 한 통을 받았다. 당신 얼굴에 점을 찍었소. 나는 나에게 중얼거렸다. 입 다문 케이트 블란쳇은 케이트 블란쳇에게서 미끄러진 물방울들을 하나씩 주웠다.

〔……〕

케이트 블란쳇은 에스콰이어에 실린 케이트 블란쳇을 보았다. 제네바에서 나는 거기 없다를 촬영 중인 케이트 블란쳇이었다. 〔……〕 보르헤스는 제네바의 식당에 앉아 영혼의 양식을 어루만지며 자위했다.

　　나는 케이트 블란쳇을 만났다. 나의 나는 제네바의 한 노
　천카페에 앉아 있고 나의 나는 커피를 마시고 나의 나는 담
　배를 피우고 나의 나는 나의 나는 나일까 생각한다. 〔……〕
　나는 케이트 블란쳇인가.
　　　　　　　　　　　—「케이트 블란쳇이 꾸는 꿈에 대하여」부분

　실존하는 여배우 '케이트 블란쳇'의 이름을 끌어들여 쓰
여진 작품이다. 실제 이 매력적인 여배우 케이트 블란쳇은
짐 자무시의 영화「커피와 담배」(2003)에서 1인 2역으로
등장한 바 있다. '세계적인 영화배우 케이트 블란쳇'과 '히
피 여자 셸리'가 그렇다. 이 둘은 사촌 지간으로 처음에는
다정하게 굴다가 점차 서로를 향해 감추어진 계급적 멸시
와 질투를 드러낸다. 밥 딜런의 가사로 만들어진 독특한
전기 영화「아임 낫 데어」(2007)에서도 케이트 블란쳇이
등장하는데 여기서 그녀는 여배우임에도 불구하고 천재적
포크 뮤지션 밥 딜런을 연기한다.
　위의 시는 이런 다양한 정보들을 발상의 연결고리로 참
조하면서 쓰여진 것 같다. 제네바의 노천극장에서 '내'가
케이트 블란쳇의 사진을 들여다보다 그 얼굴에 점을 찍는
장면으로 시는 시작된다. 그런데 어느 순간 '나'는 케이트
블란쳇이 되어 연기를 하고 있고, 또 어느 순간 조금 전

얼굴에 점을 찍은 사람과 문자를 주고받기도 한다. 장면은 다시 바뀌어 시간은 과거로 돌아가고, 모든 것은 케이트 블란쳇의 꿈처럼 느껴지기도 한다. 어느 것이 케이트 블란쳇이고, '나'는 과연 누구인가? 이 모든 것이 다 '나'인가? 거울 두 개를 마주 보게 한 뒤 그 사이에 내가 서 있을 때 무수한 '내'가 만들어지듯이, 케이트 블란쳇은 지속적으로 증식되고 나중에는 누가 실체이고 누가 가짜인지 구분할 수 없게 된다. 케이트 블란쳇은 지금 어디 있는가? 지금 당신이 보는 케이트 블란쳇은 정말 케이트 블란쳇인가…… 그렇다면 이 시에 각주를 다는 목소리는 누구의 것인가? 진짜 각주를 다는 사람과 가짜 각주를 다는 사람은 같은 사람인가 다른 사람인가. 작품 속 다양한 캐릭터의 향연을 즐기면서 그들의 분열된 목소리를 파악해내고, 그러면서도 눈앞에 펼쳐지는 이야기를 진짜인 것처럼 받아들이는 우리는 어떤 쾌락과 욕망에 의해 움직이는 자들인가.

6. 자, 이제 우리의 픽션을 버려요

마침내 김현의 시집에 붙여진 핸드가이드북 마지막 장에 도착했다. 우리 스스로에게 박수를 보내도 되겠다. 이 시집을 함께 읽은 우리는 거의 동지적 관계라고 해도 과언

이 아니다. 분명 쉽지 않은 시집이었다. 그러나 알면 알수록 재미가 생기는 시집이기도 했다. 도대체 얼마나 많은 서브텍스트가 데이터베이스로 작동하고 있는지 모를 정도니 말이다.

시집 마지막 작품 「지구」를 보면 제목에 이런 각주가 달려 있다. "태양계의 행성 중 하나로 인류가 살았다. 고독으로부터 세번째 궤도를 돌았으며, 달을 위성으로 가지고 있었다. 행성을 둘러싼 얇고 투명한 자기가 고독에 가까워지면서부터 새까맣게 구멍이 나기 시작했다." 이 구멍 난 지구에 인류가 살아남을 수 있을까. 여기, 마지막으로 살아남은 존재가 있다. '푸른 눈'이라는 가로등 로봇. '푸른 눈'은 사방을 둘러보지만 결국 발견하게 되는 것은 자신이 지구에 남은 마지막 로봇, 혹은 존재라는 사실 뿐이다. 그동안 무수한 메타픽션의 무대를 거쳐 이곳에 도착했지만 결국 알아낸 것이 지구에는 자기 혼자밖에 없다는 사실이라니. '푸른 눈'은 절망 속에서 스스로를 해체하기 시작한다.

지구의 마지막 가로등 불빛이 꺼지자 "트렌실흰나비배추벌레 떼"가 몰려와 지구를 갉아먹는다. 이것은 슬픈 장면일까? 그렇기도 하고, 아닌 것도 같다. 지구의 마지막 존재가 사라져버렸으니 '푸른 눈'에 감정이입을 한 사람들에게는 이 결말이 새드엔딩이겠지만, 곧이어 등장하는 '트렌실흰나비배추벌레'를 눈여겨본 사람들에게는 이 결말이 좀 다르게 읽힐 것 같다. 특히 컬트 영화의 고전 「록키 호

러 픽쳐 쇼」(1975)에 등장하는 양성애 복장도착자 '프랑
크 퍼터 박사'가 온 곳이 바로 '트랜실베니아'의 '트랜스섹
슈얼'이라는 행성이었음을 떠올릴 수 있는 사람이라면 말
이다. 이 영화의 컬트적이고 키치적이며 장난스럽고 호탕
한 매력을 알고 있는 사람이라면 어쩐지 이 마지막 장면은
의미심장하다.

이 시편의 마지막 각주 5번에는 시든 행성을 갉아 먹은
애벌레가 입에서 "트렌실"을 뽑아내 몸을 묶은 뒤 번데기
가 된다는 말이 등장한다. 지구를 갉아 먹을 정도의 거대
한 애벌레라니! 그렇다면 시든 지구를 먹은 이 애벌레는
어떤 존재로 화려하게 태어날까? 과연 지구라는 행성은
아무것도 아닌, 화려하고 우주적인 나비가 될 수 있을까?
더욱더 자유분방하면서, 소란스럽고, 기괴하지만, 생명력
이 넘치는 새로운 존재로 태어날 수 있을까? 그야말로 트
랜스섹슈얼한(남녀의 성별을 넘어선) 존재로 말이다. 이렇
게 보자면 이 시집은 눈물을 흘리고는 있지만 해피엔딩을
꿈꾸는, 환희에 찬 디바의 노래로 끝맺음되는 것이 맞지
않을까 싶다. 아바의 「댄싱퀸」처럼 말이다. "당신은 댄싱
퀸으로 변하죠. 젊고 사랑스러운 열일곱 댄싱퀸은 탬버린
을 타고 흐르는 비트를 느껴요. 춤을 춰요, 자이브를 춰
요, 당신만의 멋진 시간을 즐겨요."

이 시집에 우리가 익숙하게 받아들였던 현실은 없지만
한번쯤 흥미롭게 상상해보았던 현실은 있다. 2차 텍스트

254

를 기반으로 만들었다고 무조건 폄훼되는 것이 아니라 2차 텍스트로 만들어졌음에도 불구하고 실정성과 타당함을 얼마나 제대로 갖추고 있느냐로 이런 장르의 시를 평가한다면 김현의 『글로리홀』은 충분히 현실적이다. 이야기 자체의 매력과 완성도에 힘을 싣는다면 그의 노력은 더욱 폭넓게 인정받을 수 있을 것이다. 김현의 시적 화자는 게이 감수성에 기반한 퀴어적 상상력에 방점을 찍고 거기에 다시 SF라는 장르의 전통적 고민과 메타픽션이라는 방법론을 하나로 묶어냈다. 그는 새로운 장르의 창시자다. 앞으로 상당 기간 많은 사람들이 김현 시인에 대해 이야기할 것이며, 김현 시인을 빼놓고 한국 시문학사가 씌어지는 일도 없을 것이다. '퀴어 SF—메타픽션 극장'에 오신 여러분을 환영한다. 관람은 이제부터 시작이다. ▨